KB020576

DREAMBOOKS★

DREAMBOOKS ★

DREAMBOOKS★

DREAMBOOKS★

南宮匠人

남궁
장인

9

신현재 신무협 장편소설

ORIENTAL FANTASY STORY & ADVENTURE

dream
books
드림북스

남궁장인 9

초판 1쇄 인쇄 2017년 2월 7일
초판 1쇄 발행 2017년 2월 17일

지은이 신현재
발행인 오영배
기획 박성인
책임편집 편집부
제작 조하늬

펴낸곳 (주)삼양출판사 · 드림북스
주소 서울시 강북구 도봉로 173
대표 전화 02-980-2112 **팩스** 02-983-0660
편집부 전화 02-980-2116 **팩스** 02-983-8201
블로그 blog.naver.com/dreambookss
출판등록 1999년 3월 11일 제9-00046호

ⓒ 신현재, 2017

ISBN 979-11-283-9106-4 (04810) / 979-11-313-0600-0 (세트)

+ (주)삼양출판사 · 드림북스의 서면 허락 없이는 어떠한 형태나 수단으로도 이 책의 내용을 이용하지 못합니다.
+ 지은이와 협의하에 인지는 생략합니다. 잘못된 책은 구입한 곳에서 바꾸어 드립니다.
+ 이 도서의 국립중앙도서관 출판시도서목록(CIP)은 서지정보유통지원시스템홈페이지(http://seoji.nl.go.kr)와
   국가자료공동목록시스템(http://www.nl.go.kr/kolisnet)에서 이용하실 수 있습니다. **(CIP제어번호: 2017003156)**

드림북스는 (주)삼양출판사의 판타지 · 무협 문학 브랜드입니다.

남궁
장인

南宮
匠人

ORIENTAL FANTASY STORY & ADVENTURE

신현재 신무협 장편소설

9

dream
books
드림북스

목 차

第一章

해남도의 비극

　콰앙―!

　한 차례의 큰 충돌 후, 남궁혁은 토끼처럼 놀란 눈을 하고 한 바퀴 공중제비를 돌아 다시 뒤로 물러났다.

　방금 전, 있을 수 없는 일이 벌어졌다.

　무공을 사용하지 못한다고 알려져 있던 환서영이 검강을 두른 남궁혁의 검을 막아 낸 것이다. 그것이 비록 일 검이라 할지라도, 있을 수 없는 일이었다.

　검기와 검강을 다룰 수 있는 것은 단순히 내공의 차이가 아니다. 그만큼 노력과 깨달음이 있다는 걸 증명하는 것이므로 극복이 쉽지 않다.

그러니 검기와 검강의 차이도 아니고, 검강과 검기조차 두르지 못한 검이라면 그 차이는 말해 봤자 입만 아픈 수준.

단칼에 환서영을 베어 버리려던 남궁혁은 당황한 채 다시 덤벼들 기회를 찾은 해남검문 문도들을 상대하기 시작했다.

반면 남궁혁의 검을 막아 낸 환서영은 자신도 당황스러운지 얼떨떨한 얼굴로 검을 늘어트리고 있었다.

정신없이 해남검문도들을 떨쳐 내던 남궁혁의 눈에 자신의 검을 튕겨 낸, 있을 수 없는 일을 만들어 낸 검이 보였다.

'해남파형검!'

남궁혁이 직접 수리해 원래의 상태로 되돌렸던 해남검문의 신검, 해남파형검.

그것이 내공도 없는 자의 손에 들려 남궁혁의 검강을 막아 낸 것이다.

그 사실을 깨닫자 당황스러움과 분노보다는 감탄이 앞섰다.

이런 상황에도 검강을 막아 내는 검에 대한 감탄이 나오다니, 천성이 대장장이인 건 어쩔 수 없는 모양이었다.

기린금을 섞어 만든 합금으로도 검기를 막아 내는 것이

고작이었다.

그것만으로도 치명상을 여러 번 피할 수 있다는 크나큰 가치가 있건만, 검강을 막아 내는 검이라니!

그렇다면 과연 신검이라 불릴 만한 가치가 있었다.

환서영조차 얼떨떨한 얼굴인 걸로 봐서는 지금까지 그 사실을 해남검문 사람들조차 몰랐던 것 같지만.

하긴, 해남검문의 신물이 내공도 없는 사람의 손에 들릴 일이 여태껏 몇 번이나 있었겠는가.

당장 저 검을 구성한 합금을 자세하게 살피고 싶다는 생각이 앞섰지만, 그러기 위해서는 먼저 이 일을 정리해야 했다.

남궁혁의 검이 지금까지와는 전혀 다른 방식으로 적들의 사방을 쇄도하기 시작했다.

지금 쥐고 있는 검은 그가 원래 갖고 있던 검이 아니었다. 원래의 검은 이미 뺏긴 지 오래. 하지만 이들에 대항하려면 쓸 만한 검이 필요했다.

때문에 검후와 함께 해남검문 본문에 들렀을 때, 남궁혁은 내당 안에 있던 대장간으로 향했다.

해남파형검을 수리하기 전 만들어 두었던 연검이 아직 장작더미 속에 있었다.

평소 쓰던 중검과는 전혀 다른 검이었지만 선택의 여지

가 없었다.

창고 안에 있던 검은 쓸 만한 것이 없었고 쓰러진 자들의 검은 대부분 부서지거나 이가 나가 있었으니까.

나중에 허락을 받고 받아오려던 검을 이런 식으로 쓰게 될 줄은 몰랐다.

만약 그것까지 알았다면 남궁혁이 평소에 쓰던 중검으로 만들어 놨겠지만, 남궁혁은 한 번 겪었던 이전의 삶을 알 뿐 앞으로의 모든 것을 알고 있는 예언자가 아니니까.

대연검법, 남궁혁의 검 끝이 마치 살아 있는 물고기처럼 유려하게 상대들의 검과 검 사이를 헤집고 주요 혈을 파괴한다.

대연군림검이 아니다. 연검으로는 대연군림검을 펼칠 수 없다. 힘을 주고 강제한다면 못할 것은 없으나, 그건 검에 적합한 검법이 아니다.

특히 지금처럼 상대를 폭압적으로 밀어붙이는 것이 아니라 움직이지 못하게 제압하는 것이 일 순위일 때는 더더욱 그렇다.

어려울 것도 없었다. 대연검법과 대연군림검의 차이는 단 하나, 마음가짐이니까.

자신을 자연의 일부라 생각하는 것과 자신을 자연 위에 있다고 생각하는 것.

그것만으로도 검 끝이 바뀌고 궤적이 바뀐다.

절대 쉬운 일이 아니다. 사람의 관념을 바꾼다는 것이 어디 그렇게 쉬운 일인가.

남궁혁도 대연검법에서 대연군림검으로 가기까지 상당히 고생을 했었다.

하지만 한 번 체득했던 경지로 다시 돌아가는 것은 그리 어렵지 않은 법이다.

남궁혁이 다시 한 번, 아까보다 더 빠른 속도로 환서영을 향해 달렸다.

거치적거리는 것은 전부 베어 냈다.

만약 해남검문의 문도들이 이지를 상실하지 않은 상태였다면, 아무리 상대편이라고 하더라도 무자비하게 일직선으로 달리는 것 같으면서도 자유자재로 연검을 구사하며 정확하게 근맥과 혈을 베어 내는 그 실력에 감탄을 금치 못했으리라.

남궁혁이 코앞까지 다가왔을 때, 환서영은 의외의 선택을 했다.

아까 남궁혁의 검을 막아 낸 것은 아무리 신검이라 할지라도 운이 좋아서 생긴 결과였다.

그 이상 검을 겨뤘다면 환서영이 패할 것은 자명한 수순이다.

그런데 아까의 일격에서 무승부가 난 것이 자신의 실력인 줄 아는 듯, 환서영은 도망치지 않고 오히려 신검을 바로 쥔 채 남궁혁에게 달려들었다.

"조무래기 같은 놈!"

그의 눈동자는 희번덕거렸고 얼굴은 기괴하게 미소 짓고 있었다.

아무래도 자신이 쥔 신검이 검강을 막아 내는 힘이 있다는 걸 깨달은 모양이었다.

해남파형검이 파도와 같은 궤적을 그리며 남궁혁에게 몰아쳤다.

풍랑과 같이 거침없는 공세. 환서영이 해남검문의 검을 정통으로 배운 것은 확실했다.

남궁혁은 신검을 든 환서영에게 밀리는 것처럼 보였다.

실효성 있는 공격은 하나도 허용하지 않았지만, 적극적으로 빈틈을 향해 달려들거나 강하게 밀어붙이지 않고 일일이 검을 맞대는 상황이라 더 그래 보였다.

그리고 그 사실이 환서영에게 더욱 자신감을 불어넣어 주었다.

"이럴 줄 알았으면 저 조무래기들에게 맡기느니 내가 나설 걸 그랬군. 이제 죽어라!"

환서영이 거친 포효와 함께 머리 위로 달려들자, 남궁혁은 가볍게 검을 휘둘러 그의 검을 막았다.

그리고 빠르게 한 번 더 검을 날려 환서영을 저 멀리 날려 버렸다.

아무리 검강을 막는다고 해도 그 안에 실린 힘까지 막을 수 있는 건 아니니까.

"어리석어. 그러니까 한심하게 아버지라고 주장하는 자의 말만 믿고 삼십 년을 보냈겠지만."

바닥에 내팽개쳐진 환서영은 손을 벌벌 떨다가 검을 툭 떨어트렸다.

검을 제대로 휘두른 지 너무 오래되어 잊고 있었지만, 그 또한 한때는 무공을 수련했던 무인이었다.

이 일격에 지금까지 남궁혁이 봐주면서 상대하고 있었다는 것을 환서영은 단번에 깨달았다.

지금이라도 도망가야 한다는 생각이 아까의 자만심을 짓밟고 피어올랐지만, 이미 한 번 풀린 손발은 주인의 말을 듣지 않았다.

어떻게든 뒤로 엉금엉금 기어가는 환서영을 향해 남궁혁이 어두운 얼굴로 저벅저벅 다가갔다.

"검강이 통하지 않는다면 싸움의 승패를 결정하는 것은 순수한 실력뿐이다. 해적과의 싸움 때문에 내공을 쓰지 못하게 됐든, 의심을 사지 않기 위해 일부러 단전을 폐했든,

그 이후 제대로 검을 든 적이 없겠지. 그런 주제에, 검에 대한 생각과 수련을 하루도 거르지 않은 나를 상대로 고작 검강을 막을 수 있다고 해서 덤비다니."

남궁혁은 지금까지 웬만해서는 예의 바른 태도를 견지해 왔다.

처음 새로운 삶을 살게 되었을 때는 남들이 모르는 것을 안다는 자만심도 있었지만, 검을 수련해 가고 장인으로서도 성장해 가면서 낮고 겸손한 마음이야말로 궁극의 길로 이끌고 간다는 확신이 들었기 때문이었다.

하지만 지금 이 자리에서는 아니었다. 저자를 상대로는 아니었다.

"네 녀석 따위에게 목숨을 잃은 내 수하들이 안타까울 뿐이다."

환서영의 눈앞까지 다가온 남궁혁이 이를 빠득 갈면서 검을 치켜들었다.

환서영은 등골이 오싹했다. 아까 산 채로 목이 날아간 철혈대원들이 눈에 선했다. 자신의 미래가 보이는 것 같았다.

"자, 잠깐! 나를 죽이면 곤란할 텐데! 나를 통해서 교의 뒤통수를 칠 수도 있다고!"

삼십 년 동안 충직하게 마교의 첩자 역할을 한 주제에, 자신의 목숨이 경각에 달리자 그새 마교를 팔아넘기다니.

참으로 사특한 자였다. 어찌 정파의 거두 중 하나인 해남검문에서 이런 심성을 숨기고 살았는지.

　"당신에게 들을 말은 다 들었어. 더 들어 봤자 그 간교한 혀로 나를 속이려고나 들겠지. 내가 들을 말은 단 하나뿐이야. 당신의 악독한 술책에 죽어 간 남궁장인가 무사들, 그리고 당신 같은 버러지를 동문으로 여기고 의심 한 톨 없이 독을 먹어 온 해남검문의 문도들, 그들에게 미안하다는 것뿐이다."

　남궁혁의 말에 환서영의 눈이 복잡해졌다. 남궁혁이 원하는 것은 사실 별것 아니었다. 미안하다는 말, 그 말이 뭐 그리 어려운가.

　"그, 그 자들에게 내가…… 미……."

　하지만 그 말은 쉽게 터져 나오지 않았다.

　삼십 년이 넘는 세월 동안 스스로가 옳다고 생각하면서 살았다.

　사실 남궁혁 앞에서 자신의 과거를 털어놓았을 때, 남궁혁이 제기한 의문에 대해서는 환서영도 생각해 본 적이 있었다.

　하지만 그 땐 벌써 그의 나이가 서른이 넘었을 때였다. 평생 옳다고 생각했던 사실을 틀렸다고 말하기란 쉽지 않았다.

해남도의 비극 17

그러면 자신의 삶은 오롯이 틀린 것이 되지 않는가.

그래서 그는 귀를 닫았다. 마음속에서 울려 퍼지는 물음에 귀를 닫고, 더욱더 마교의 뜻을 따르려고 했다. 그것이 자신이 옳았다고 증명하는 유일한 길이었으니까.

하지만 이제 와 그게 무슨 소용일까.

점점 목으로 다가오는 남궁혁의 칼끝 너머로, 쓰러져 있는 해남검문의 문도들이 눈에 들어왔다.

잊고 있었던, 아니 잊고 모른 척하려고 애쓰고 있던 죄책감이 스멀스멀 기어 올라왔다.

그들은 환서영에게 참 잘해 주었다. 어머니를 모르고 아버지 손에서 자랐다는 말에도 차별 없이 대해 주었다. 누구도 환서영을 근본 없는 년이라고 욕하지 않았다.

검후도, 장문인도, 동기인 환서영을 무척이나 신뢰했다. 그러니까 단전도 망가진 이에게 총관이라는 중책을 맡겼으리라.

유은하, 그 계집은 종종 의뭉스럽다는 얼굴로 자신을 바라보았으나, 그렇다고 환서영의 말을 듣지 않거나 요청을 거부한 적은 없었다.

전대 장문인, 어머니라고 믿었던, 그러나 어머니가 아닐지도 모르는 그분은 정신이 오락가락한 상태에서도 자신에게 이 해남도를 지켜달라고 손을 꼭 잡아주셨다.

"미…… 미안합니다…… 내가 잘못했습니다. 내 동기와 사제, 사질들…… 그리고 당신의 수하들에게도, 미안합니다."

환서영의 두 눈에서 눈물이 후두둑 쏟아졌다.

그 짧은 사이에 사람이 얼마만큼의 반성을 했겠느냐마는, 적어도 눈빛만큼은 아까 오만함에 차 남궁혁에게 달려들던 그것과 확연히 달랐다.

"진심 어린 사과, 잘 받았다."

남궁혁의 검이 그의 심장을 파고들었다.

환서영의 눈이 놀람으로 빛났지만 더 이상의 발악은 없었다.

오히려 죽음을 받아들이는 것 같았다. 촌각도 지나지 않아 그는 이 세상을 하직하리라.

폐를 찌르면 숨을 쉬어도 공기가 빠져나가서 질식의 고통 속에서 죽고, 사지를 자르면 외면할 수 없는 고통 속에서 몸부림조차 치지 못한 채 과한 출혈로 죽음을 맞는다.

만약 그들에게 사과를 하지 않았다면 죽음 이전에 기나긴 고통을 맛보여 주려 했다.

하지만 환서영은 제대로 사과를 했고 남궁혁도 그의 진심을 어느 정도 느꼈기에 깔끔한 죽음을 선사했다.

애초에 누군가의 고통을 지켜보는 것도 남궁혁의 성정과는 잘 맞지 않았다.

그의 사과가 구천으로 향하는 수하들의 귀에 들렸으면 하는 바람으로, 남궁혁은 환서영의 가슴팍에서 검을 뽑아냈다.

*　　　*　　　*

환서영을 쓰러트린 후, 이어지는 일은 빠르게 정리되었다.

남궁혁이 제압한 것은 환서영이 이끌고 간 문도의 절반, 오십여 명이었다.

나머지 오십여 명은 빠르게 북쪽과 서쪽을 훑고 남쪽으로 돌아온 검후의 손에 제압되었다.

명령을 내릴 마인이 하나도 남지 않은 탓인지 그들은 별다른 저항이 없었다.

제압된 해남검문도의 숫자는 총 일흔 세 명.

오백이 넘는 문도를 자랑했던 해남검문의 처참한 모습이었다.

다행인 점도 있었다. 첫째는 해적을 막으러 바다로 나갔던 오십여 명의 해남검문도는 한동안 독을 섭취하지 않았기 때문에 이지가 흐트러지지 않은 채로 복귀했다는 점이었고, 둘째는 환서영에게 붙잡혔던 천유가 무사했다는 것이었으며, 마지막으로 내내 환서영을 의심해 왔던 해남검문의 장인 유은하가 살아 있다는 사실이었다.

그녀는 제자와 함께 해남도와 그 주변 섬 곳곳에 은거해 있는 해남검문의 옛 고수들에게 현 사태를 알린 후 그들을 규합해 본문으로 달려왔다.

유은하와 해남검문의 은거 고수들이 왔을 때는 이미 검후와 남궁혁에 의해서 상황이 끝난 후였지만, 당장 해적을 막을 여력이 없어진 상태에서 그들은 큰 도움이 될 터였다.

남궁혁과 검후는 이번 일의 뒤처리를 해남검문이 도맡는 것에 합의했다.

일반적으로 마교와 관련된 일이 있을 경우, 특히나 지금처럼 수뇌부는 물론이요 문파 전체가 제압당한 경우 무림맹이 끼어드는 것이 관례다.

지난번 금화전장의 일 때도 그랬다. 그리고 남궁혁은 그때 사건의 발견자이자 제 일 관련자로서 여러 가지 문제에 대해 의견을 내고 무림맹의 행사를 대신했다.

하지만 해남도는 무림맹이 달려오기에는 지나치게 먼 곳에 있다.

게다가 금화전장 때와는 달리 이미 색출해야 할 이는 다 죽어 버린 상태였다.

무림맹이 끼어들 여지도, 얻을 것도 딱히 없다고 할까.

검후와 유은하 등이 남은 잔당이나 그동안 환서영이 마교와 결탁해 저지른 짓에 대해 밝혀낼 의사가 뚜렷하므로 굳이 남궁혁을 비롯한 외인이 끼어들 이유는 없어 보였다.

또한 검후는 이 일에 대해서 반드시 남궁장인가에 상응하는 보답을 하겠다고 약속했다.

남궁혁을 비롯한 그의 수하들은 이 일에 휘말린 피해자요, 또한 도움을 준 입장이니까.

그 첫 번째 보답은 억울하게 죽음을 맞이한 수하들의 시신을 섬서까지 운반하는 데 도움을 주는 것이었다. 보답이라고 하기엔 당연히 해야 할 일이긴 하지만.

남궁혁은 눈을 부릅뜨고 죽은 수하들의 눈을 일일이 감겨 주었다.

이 더운 곳에서 며칠이 지났는데도 그들의 시신은 부패한 곳 하나 없이 멀쩡했다.

날이 더운 곳이어서 인지 염을 해 시체를 다루는 방법이 잘 발달되어 있는 모양이었다.

다행인 일이었다. 해남도에서 섬서까지는 먼 길이다. 제대로 하지 못한다면 시신이 상할 터였다.

하지만 해남검문이 사람을 수소문해 남궁장인가 무사들의 시신을 잘 신경 써 염해 준 덕분에 그 부분은 걱정하지 않아도 될 것 같았다.

게다가 해남검문은 그들의 관을 실을 수 있는 배와 섬서까지 운행해 갈 표국까지 알선해 주었다.

표국이야 남궁혁도 충분히 마련할 수 있는 것이지만, 염을 해 줄 사람과 배는 해남검문의 도움 없이는 구하기 어려운 것들이었다.

사실상 해남검문의 죄가 아니라 마교와 환서영의 죄다 보니 남궁혁은 그 이상 요구하려고 하지 않았지만, 검후는 자신들의 마음이 불편하다며 거듭 원하는 것을 말해 달라고 요청했다. 검후나 되는 사람이 이처럼 요청을 하는데 재차 거절하는 것도 무례했다. 결국 남궁혁이 원한 것은 하나였다.

'해남파형검을 만들었을 당시의 자료, 그리고 부러진 해남파형검의 파편을 얻고 싶습니다.'

남궁혁의 요구는 곧바로 받아들여졌다.

다만 해남파형검은 만들어진 것이 워낙 오래전이라 자료를 찾는 것에 시간이 좀 걸린다고 했다.

검후는 자료를 정리하는 즉시 섬서로 보내 주겠다고 확언했다.

부러진 파편은 곧바로 작은 상자에 담겨 남궁혁에게 전달되었다.

해남파형검이 부러지면서 생긴 파편, 그러나 남궁혁은

이걸 수리하는 데 전부 쓰지 않았다.

때문에 몇 조각이 남아 있었는데, 이 또한 해남검문의 자산이므로 함부로 버리지 않은 것이 남아 있는 것이다.

보상을 기대하고 남긴 것은 아니었다. 하지만 검강을 막아 내는 해남파형검의 위력을 몸소 체험한 바, 이 합금을 연구해 재현할 수 있다면 마교를 막아 내는 데 큰 도움이 될 것은 자명했다.

그렇게 남궁혁은 새로운 과제, 그리고 수하들의 시신과 함께 해남도를 떠나는 배에 올랐다.

이윽고 배가 움직이기 시작했다. 야자수와 해변이 점점 멀어졌다. 남궁혁을 배웅하러 나온 검후 이하 해남검문도들의 모습도 작아져 갔다.

섬이 점점 멀어지자 남궁혁은 문득 이 섬에 처음 왔던 며칠 전이 떠올랐다.

정확히는 새로운 풍경에 들떠 왁자지껄하게 떠들던 수하들의 모습이.

뱃머리를 가득 메웠던 수하들은 이제 배의 가장 구석진 창고에서 깨지 않을 잠에 들어 누워 있었고, 이곳에 있는 것은 남궁혁과 천유가 전부였다.

"소가주, 괜찮습니까?"

천유가 걱정스럽게 물었다.

그가 아는 남궁혁은 이렇다 할 상실 없이 살아온 사람이었으니까.

그런 사람일수록 상실에 대한 심마가 쉽게 들기 때문에 걱정될 수밖에 없었다.

하지만 남궁혁은 고개를 끄덕였다. 늘 불 앞에서 흔들리지 않고 망치를 두드리던 장인 남궁혁의 모습 그대로.

그 모습에 천유는 더는 걱정의 말을 입에 담지 못하고 선실에 들어가 쉬겠다며 발을 떼었다.

지금 괜찮냐고 물어보는 것은 별 의미가 없다는 것을 깨달았으니까.

천유마저 자리를 떠나고 뱃머리에 홀로 남은 남궁혁은 이제 작은 점처럼 보이는 해남도를 바라보았다. 그리고 마지막으로 한 줄기 눈물을 흘렸다.

앞으로 다시는 이 일에 대해서 눈물 흘리지 않으리라. 대신 나아가리라. 더는 이런 억울한 죽음이 일어나지 않도록.

第二章

남궁혁의 의지와
무영살문

　섬서의 북쪽, 남궁장인가로 향하는 큰 대로인 장인대로
에는 흰 깃발을 건 긴 행렬이 이어지고 있었다.

　지역 주민들은 전부 나와 서른 구의 관이 달구지에 실려
가는 모습을 지켜보았다.

　죽은 무사들의 가족과 지인들은 울면서 그 행렬의 뒤를
따랐다.

　그들을 개인적으로 알지 못하는 이들도 눈시울을 붉히거
나 몰래 눈가를 훔쳤다.

　정확히 무슨 일이 일어났는지는 몰랐으나, 남궁장인가의
사람들은 언제나 그들을 지키고 지역의 질서를 지키는 데

힘써 왔다.

그런 그들이 남궁혁을 따라갔다가 죽음을 맞이했으니, 이에 슬퍼하는 것이 도리였다.

장인대로의 끝에서 달구지들은 각기 다른 곳으로 향하기 시작했다.

사흘 간 각자의 집에서 장례를 치른 후 남궁장인가에서 합동 제사를 지내기로 했기 때문이다.

남궁혁은 그들의 관이 전부 집으로 향하고 나서야 세가의 대문 안에 발을 들였다.

아버지와 어머니, 제자들을 비롯해 남궁장인가의 모두가 그를 기다리고 있었다.

"저 다녀왔습니다."

늘 활기차던 남궁혁의 목소리에 기운이 없다는 사실을 모두가 깨달았다.

대체 무슨 사정인 걸까.

남궁혁은 서른 구의 시신과 함께 돌아가고 있다는 것만 적어 서찰을 보냈을 뿐, 상세한 내용은 적지 않았다.

"우선 들어가서 쉬십시오. 안색이 좋지 않으십니다."

민도영이 다가와 고개를 살짝 숙이며 말했다. 그녀 또한 남궁혁이 무슨 일을 겪었는지 모르는 사람 중 하나였다.

남궁혁에 대해서라면 뭐든 알고 있었던 그녀로서는 익숙

지 않은 일이었지만, 먼 거리를 온 데다가 서른 구의 시신과 함께 온 상황으로 봐서는 그에게 쉴 시간이 필요할 것 같았다.

"아니요. 다들 궁금해할 텐데 그냥 들어갈 수는 없죠."

남궁혁은 그렇게 말하고, 세가원들을 돌아보았다.

무사들부터 대장장이들, 잡일을 하는 하인들까지 남궁혁이 무슨 말을 할지 주목하고 있었다.

"다들 제가 대장장이로서 의뢰를 받아 해남검문에 갔다는 사실은 아실 겁니다."

남궁혁은 맨 뒤에 선 이들에게까지 잘 들리도록 목소리에 내공을 실었다.

평소보다 조금 낮고, 귀에 잘 들어오는 차분한 목소리.

그 목소리로 남궁혁은 해남검문에서 어떤 슬픈 일이 있었는지에 대해 덤덤히 읊조렸다.

남궁혁의 입에서 한 마디 한 마디가 나올 때마다 세가원들의 표정은 슬퍼지기도 하고, 분노에 차기도 했다. 몇몇이들은 이를 꽉 문 채 주먹을 쥐고 부들부들 떨기도 했다.

"……무인은 언제나 죽음을 목전에 두고 사는 입장입니다. 그들도 죽음 자체가 억울하지는 않았겠죠. 하지만 기왕이면 그들은 정정당당히 싸우다 죽음을 맞이하기를 바랐을 겁니다."

남궁혁의 말에 사람들은 격하게 고개를 끄덕이거나 공감의 눈빛을 보냈다. 특히 죽은 이들과 같은 남궁장인가의 무사들이 그랬다.

"우리는 곧 크나큰 위기를 맞이하게 될지도 몰라요. 지금까지 무림에 일어났던 일련의 사건들을 떠올려 본다면 그리 먼 일도 아닐 것 같아요. 그들은 저 북서쪽 사막에 있고, 그곳에서 중원으로 통하는 길에 우리가 있습니다."

남궁혁이 세가원들, 그것도 무인들이 아닌 일반 세가원들 앞에서 마교에 대한 얘기를 꺼낸 것은 처음이었다. 모두의 표정에 긴장감이 어렸다.

"죽은 이들은 독을 삼킨 상태에서도 검을 휘두르며 끝까지 항전했다고 합니다. 아마 그자들이 원하는 바를 얻어 내면 모두가 피해를 입을 것을 알았기 때문이겠죠. 그들은 바로 여러분을, 남궁장인가를, 그리고 이 땅을 지키다 죽었습니다."

남궁혁은 잠시 말을 끊었다. 남궁혁이 마른침을 삼키는 소리까지 들릴 정도로 모두는 침묵한 채 그의 말에만 집중하고 있었다.

"그들이 쳐들어오면 세가 또한 위험에서 벗어날 수 없습니다. 만약 그들이 두렵다면 도망치셔도 됩니다. 세가의 일을 그만두셔도 됩니다. 목숨은 소중한 겁니다. 무공을 수련하지 않은 분들은 더더욱 그들이 두려울 겁니다. 하지만 여기 남아 주신다면, 저는 여러분을 지킬 겁니다."

마지막 말에 힘이 실렸다.

순간 사람들은 짜르르한 뭔가가 가슴을 스치는 것을 느꼈다.

하지만 남궁혁의 말이 아직 끝나지 않았다는 것을 본능적으로 느꼈기에, 모두는 남궁혁의 마지막 말을 기다렸다.

"그리고, 여러분도 저와 함께해 주셨으면 좋겠습니다. 손에 쥐는 것이 검이 되었든, 도가 되었든, 망치든 행주든 그 무엇이 되었든. 모두가 자기 자리에서 최선을 다한다면, 우리는 모두를 지킬 수 있을 겁니다."

남궁혁의 말은 끝났다.

사실 해서는 안 되는 말이었다. 무사들에게라면 모를까, 일반 세가원들에게 이런 말은 불안감만 가중시킬 뿐이었다.

어쩌면 후에 남들 안보는 데서 쓸데없는 짓을 했다며 대책을 강구해야 한다고 차갑게 말하는 제갈화영을 마주하게 될지도 몰랐다.

"저, 저는 남을 거예요."

누군가가 처음으로 입을 열었다.

모두의 시선이 그쪽으로 쏠렸다.

맨 뒤에 서 있는 여자 하인이었다.

남궁혁의 처소를 청소하는 하인이었지만 남궁혁은 사실 이름도 정확히 모르는 이었다.

그런 그녀가 스스로의 두려움을 떨쳐 버리려는 듯 외쳤다.

"제 걸레질 같은 하찮은 일이라도 도움이 된다면 전 남을 거예요! 할 수 있는 건 뭐라도 도와 드릴 거예요!"

그녀의 외침과 함께 여기저기서 자신도 남아 함께 싸우겠다는, 지키겠다는 목소리들이 터져 나오기 시작했다.

"저는 당연히 남을 겁니다!"

"저희 기린대는 이미 남궁장인가에 저희들의 목숨을 바쳤습니다!"

작은 하녀 아이에게 질 수 없다는 듯 기린대를 비롯한 무사들이 자신들의 검을 들어 올리며 외쳤다.

홍수처럼 쏟아지는 외침 속에서 남궁혁은 목이 메어 왔다.

그가 고군분투하며 만들어 온 세가는 이런 곳이었다. 몸 바쳐 지킬 만한 가치가 있는, 그리고 그 생각을 모두가 공유하는 곳.

훗날 마교와의 전쟁에서 천기신녀라는 이름에 모자람 없는 대활약을 보여 준 남궁장인가의 군사 제갈화영은 이 날을 회상할 때마다 이렇게 말했다.

"그건 한 핏줄로 이어진 제갈세가 내에서도 겪어
본 적 없는 느낌이었어요. 가주에서 하인에 이르기
까지 모두가 하나로 일치단결했을 때의 그 고양감이
란. 만약 부대 단위에서 그런 단결이 가능하다면 그
누구도 상대할 수 없는 최고의 무력부대가 되겠지
요. 물론, 절대 쉽지 않겠지만."

*   *   *

연설 아닌 연설을 마친 남궁혁은 방으로 들어오자마자
민도영과 제갈화영을 불렀다.

두 사람은 이미 예상하고 있었던 듯 빠르게 도착했다.

전 세가원 앞에서 그런 연설을 한 참이다.

그의 말은 세가원들을 뭉치게 하는 힘은 있어도 본격적
인 채비를 갖추는 것과는 거리가 있었다.

그러니 당연히 마교 침공을 대비해 공식적으로 뭔가 해
야 할 거라는 걸 이 두 사람은 알고 있었다.

남궁혁 또한 이 두 여인이 자신의 의도에 대해 알 거라고
생각했기에 부차적인 설명은 하지 않고 곧바로 본론으로 들

어갔다.

"우선 해남도의 일을 마저 처리하도록 해요. 민 총관, 죽은 무사들의 가족에게는 위로금을 전달하고, 위령제를 준비해 주세요."

"알겠습니다."

"단순 위로금에서 그치지 말고 그 가족들이 추후에도 생활하는 데 불편함이 없도록 지원할 수 있는 방편을 모색해야 할 것 같아요. 앞으로 더 많은 사람들이 죽어 나갈 테니까요."

남궁혁의 목소리는 씁쓸했다.

하지만 싸우는 이상 피해가 생길 것은 자명한 사실이니 어쩔 수 없다.

그저 그 피해가 확산되는 것을 막는 데 최선을 다할 밖에.

"지난날 위국(魏國)에서 시행했던 보훈제도로군요. 만만치 않은 돈이 들 것 같은 걸요."

"제갈 군사. 우리 돈 많잖아요. 그 정도는 써도 되지 않아요?"

"물론 그렇습니다만, 지난번 확보했던 금은 세가의 발전을 위해 쓴다는 목적이 있지 않았습니까."

"결국 세가를 발전시키는 이유가 사람에 있다는 걸 잊지 말아 줘요, 군사. 어차피 당장 돈이 나가는 것도 아니잖아요. 운이 좋다면 거의 안 들 수도 있고. 우리는 앞으로도 돈을 계속 벌어 나갈 거니까 그 정도는 충분히 감당할 수 있다는 것이 내 생각이에요."

"……알겠습니다."

훗날의 제갈화영이라면 모를까, 사람은 전략 도구라 여기는 제갈세가의 풍조 속에서 자라 온 젊은 제갈화영은 마뜩잖음을 전부 지워 내지는 못하고 고개를 끄덕였다.

"그리고……."

남궁혁은 말을 이으려다가 문득 두 사람을 둘러보았다.

민도영이나 제갈화영 둘 중 한쪽과 얘기하는 것이 더 나은 주제여서인 걸까?

간혹 그런 일이 있기는 했지만, 남궁혁은 웬만해서는 민도영과 제갈화영 두 사람과 동시에 일을 논의했다.

무림세가에서 총관과 군사의 역할은 각자 보완적인 성격이 있다 보니 한쪽의 의견만 듣는 것보다는 둘의 의견을 함께 듣는 것이 훨씬 나은 답을 도출해 냈으니까.

하지만 이번엔 조금 달랐다. 남궁혁의 눈은 이 자리에 없는 누군가를 찾을까 말까 고민하고 있었다.

"소가주, 혹 여 단주를 찾으십니까?"

남궁혁과 민도영의 눈이 마주쳤다. 남궁혁은 적잖이 놀란 눈치였다.

"어떻게 알았어요?"

"재정적인 부분에는 별달리 문제가 없고, 무사들의 실력은 지난번 여일혼원신공을 통해 계속해서 보강 중이니 이 또한 소가주께서 더할 여지가 없으십니다. 허나 최근 모용세가의 일부터 해남검문 사건까지, 저희가 낌새도 알아차리지 못한 일들이 많이 있었습니다. 아마 그들의 일도 개방이나 하오문에 일일이 의뢰해 이 잡듯이 뒤져 보았다면 사전에 많은 일들을 예방할 수 있었겠지만, 실제로 모든 일에 그렇게 하기는 힘든 것이 현실입니다. 그러니 남궁장인가 자체의 정보력을 확충시키려는 게 아닐까 생각했습니다."

"……정확해요. 내가 생각한 그대로예요."

남궁혁은 저도 모르게 박수를 칠 뻔했다.

어떻게 이렇게까지 자신과 똑같은 생각을 할 수 있을까.

아니, 어쩌면 이렇게나 자신의 생각의 흐름을 따라올 수 있었을까.

그만큼 남궁혁에 대해 생각하고 그의 언행을 모두 기억하지 않으면 어려운 일이었다.

제갈화영도 민도영의 통찰에 감탄의 눈빛을 보냈다.

부부는 일심동체라곤 하지만, 이건 그 이상이었다.

사실 제갈화영은 이 남궁장인가에서 남궁혁과 민도영의

관계를 아는 몇 안 되는 사람 중 하나였다.

그것도 남궁혁의 가족들이나 지남단의 여산허처럼 눈치로 때려 맞춘 게 아니라 민도영에게 직접 그들의 관계에 대해 들은 사람이었다.

남궁혁보다도 더 오래 민도영과 붙어 있는 데다가, 이제 민도영의 유일한 친구 같은 사람이 되었기에 들은 이야기였다.

그런 사실을 알고 있으니 민도영이 남궁혁에 대해 자신보다 더 잘 파악하는 건 당연한 일이라고 생각했지만, 그래도 그녀가 이런 통찰력을 보일 때면 상대의 능력에 감탄할 수밖에 없었다.

"그러면 제가 가서 여 단주를 모셔오지요."

제갈화영이 빙긋 웃으며 자리에서 일어났다.

한 식경이 지나자 그녀와 여산허가 남궁혁의 처소로 들어왔다.

"소가주."

여산허는 방으로 들어오자마자 침통한 얼굴로 남궁혁의 앞에 오체투지했다.

"왜 이래요, 일어나요."

"소가주께서 직접 해남도로 가시는데 사전에 그러한 정

보를 하나도 얻지 못한 것, 지남단의 단주로서 벌을 청합니다."

평소의 유들유들함은 어디 가고 진지함이 묻어 나오는 모습이 그 친구인 양명과 똑같았다.

그렇게 성격이 정반대인 두 사람이 친분을 이어 가는 이유를 알 것 같은 느낌이었다.

"해남도의 일은 아마 개방이나 하오문도 몰랐을 거예요. 그렇게 자책하지 말아요."

"하오나……."

"그만하고 일어나요. 여 단주와 상의할 일이 있어서 부른 거니까. 벌을 청하지 말고 앞으로 잘하겠다고 다짐해 주시고."

"그야 당연합니다!"

남궁혁이 부드럽게 웃자 여산허는 되레 울 것 같은 얼굴로 일어나 앉았다.

그가 일어나자 남궁혁이 본론을 꺼냈다.

"지남단의 규모와 역할을 확장시키고, 그 능력도 발전시켜야 할 필요성이 있어요."

"예, 저도 그 필요성에 동감합니다."

"그래서 말인데…… 지금 지남단은 오로지 정보 수집만 하고 있죠?"

"네, 그렇습니다. 혹 저희에게 암살과 같은 역할을 부탁하실 생각이십니까?"

여산허의 눈이 빛났다. 지남단과 같은 정보 부대는 그들이 확보하는 정보의 질과 양이 중요한 존재 가치이기도 하지만, 본격적인 정보전에서는 요인(要人)의 암살이나 정보의 은폐 등도 못지않은 요소였다.

하지만 암살은 정파의 방식이 아니기도 하고, 아직까지 남궁장인가의 정보전이 그 정도로 치열한 건 아니라서 남궁혁은 지남단에게 그런 역할을 주고 있진 않았다.

하지만 여산허는 언제나 마음의 준비를 하고 있었다.

비록 삼류였지만, 그도 정파 무도원에서 무공을 배운 이였다. 자연히 정파 무림인으로서의 마음가짐을 갖고 있었다.

그 마음은 남궁장인가에 와서 진정으로 꽃피었다. 실력도 상승했고, 남궁장인가의 일원으로서 그의 검이 의와 협을 지킨다는 자부심도 있었다.

허나 지금 그가 맡고 있는 것은 남궁장인가의 정보 단체인 지남단이다.

정보란 유의미한, 쓸모 있는 사실을 말하는 것이다.

모든 사실이 쓸모가 있지는 않다. 유의미하지도 않고.

그리고 대부분의 경우, 그 사실이 정보가 되어 가치가 있으려면 많은 사람들에게 알려지지 않아야 한다.

그런 비밀스러운 것을 손에 넣다 보면 흔히 정파에서 말하는 정정당당함을 버려야 했다.

그래도 지금까지는 괜찮았다. 남궁혁은 그들에게 정보를 요구할지언정, 손에 피를 묻히는 일을 요구하지는 않았다.

허나 남궁장인가가 성장해 갈수록 그런 일은 반드시 필요하게 되리라.

그는 이미 마음의 준비를 끝내 놓았다.

의와 협은 이상만으로 이루어지지 않는다. 그래서 정파인들이 검을 드는 것 아닌가. 그저 그 검을 어둠 속에서 들 뿐이다.

여산허는 자신의 생각을 지남단원들에게도 늘 주지시켰다. 그들은 지금 완벽한 준비가 되어 있었다.

"암살…… 그게 필요하기는 할 거예요. 암살 전법에 대한 이해가 있으면 차후 자객들의 공격이 있을 경우 방어하기도 용이하고. 제갈 군사, 이에 관해서 지남단을 훈련시킬 수 있나요?"

"그건 조금 어려울 것 같아요."

"어렵다니, 제갈 군사 입에서 들을 거라고 생각하지 못한 말인데요."

"자객단의 운용에 대해 머릿속에 들어 있는 지식은 있지만, 그 분야는 저처럼 글로 배운 사람이 지도해서는 안 될 거랍니다. 그야말로 실전이니까요. 제가 갖고 있는 지식을 전해 드리는 것 정도는 문제가 없지만, 지남단 스스로 체득하기에도 무리가 있지요."

"아니요, 할 수 있습니다. 저희에게 맡겨 주십시오, 소가주."

여산허가 제갈화영의 말에 반박하며 자리에서 벌떡 일어났다.

각오도 됐고, 천기신녀가 전략도 가르쳐 준다고 한다. 그런데 뭐가 어렵겠는가.

하지만 남궁혁은 제갈화영의 말이 타당하다고 생각했는지 고개를 저었다.

"앉아요, 여 단주."

"소가주!"

"제갈 군사, 그러면 전혀 방법이 없는 건가요?"

"물론 방법은 있습니다. 적당한 살수 문파 하나를 완전히 종속시켜 지남단에 합류시키는 방법입니다."

제갈화영은 그렇게 말하며 여산허를 바라보았다.

지금 그녀의 말은 여산허의 자존심을 산산조각 내는 말이었다.

그들만으로는 안 될 거라고, 타인의 손을 빌려야 할 거라고 말하는 거니까.

그런 여산허를 대신해 민도영이 입을 열었다.

"하지만 그 방법에도 단점은 있습니다, 군사. 첫째로, 실력 있는 살수 문파가 드뭅니다. 사파가 남쪽으로 밀려나 쇠퇴하고 정파무림맹이 자리를 잡은 지 너무 오래됐으니까요. 둘째로, 찾는다 한들 제압하는 것도 힘들 겁니다. 그들은 기밀이 최우선이라 단체 활동도 거의 없으니까요. 마지막으로 설사 그런 문파를 찾고 제압한다 한들, 그들이 남궁장인가의 사람이 되기까지는 지나치게 시일이 오래 걸릴 겁니다. 강요는 할 수 있겠으나 다른 분야도 아니고 정보와 암살을 담당하는 곳에 믿지 못할 사람을 들이는 것은 지나치게 모험이라고 사료됩니다."

이제는 무림에 대해서도 상당히 지식이 쌓인 민도영이 조목조목 제갈화영의 의견에 반대했다.

"허면 민 총관께서는 달리 좋은 방법이 있으신가요?"

"그것은 아닙니다. 그저 실력 있는 타인을 들였을 때의 비용과 시간, 그리고 우리 사람들을 훈련시켜 충분한 실력을 갖추게 될 때까지의 비용과 시간을 따져 어느 쪽이 합리적인지를 비교해 봐야 한다고 생각할 뿐입니다."

민도영과 제갈화영이 의견을 교환하는 동안, 여산허의 얼굴은 점점 어두워지고 있었다.

자신이 생각하기에도 민도영이 제기한 몇몇 문제를 제외한다면 그들을 받아들이는 게 더 합리적이었다.

　시간이 넉넉하다면 모르겠으나, 당장 남궁혁이 조만간 큰일이 일어날지도 모른다고 연설을 한 마당이 아닌가.

　믿을 수 없는 아군이라면 지남단이 그들을 감시하면 된다.

　원래 정보 부대란 서로가 서로를 감시하는 게 당연한 일이기도 하니까.

　비록 자존심은 좀 상하지만 인정할 건 인정해야 했다.

　남궁혁 같은 사람을 주군으로 모시면서 자신의 부족함에 타인의 도움을 받는다고 자존심 상해하는 것도 웃긴 일이었다.

　"저는 제갈 군사의 말대로 하는 것이 옳은 것 같습—"

　"좋은 생각이 났어요."

　남궁혁이 여산허의 말을 잘랐다.

　"아, 여 단주. 말 끊어서 미안해요. 생각에 잠겨 있느라 몰랐어요."

　"괜찮습니다. 그런데 무슨 좋은 생각이 나신 겁니까?"

　"민 총관이 말한 단점을 상쇄시킬 만한 살수문파가 생각났거든요. 물론, 여 단주가 받아들여 준다면 말이지만."

　"제가 말한 단점이라면…… 그러니까 남궁장인가에 마음

을 열고 녹아들 만한 살수문파가 있다는 말씀이십니까?"

민도영의 물음에 남궁혁이 고개를 끄덕였다. 제갈화영조차도 그런 문파가 어떻게 존재할 수 있냐는 얼굴로 남궁혁을 바라보았다.

"제가 아는 문파 중에 특이한 살수 문파가 하나 있어요. 무영살문이라고, 혹시 아세요?"

무영살문.

남궁혁이 그 이름을 꺼내자 모두의 얼굴은 답 없는 백지가 되었다.

민도영도, 제갈화영도, 여산허도 들어 보지 못한 이름이었다.

일반적인 무림 문파가 이름이 알려져 있지 않다면 그 실력을 가늠할 만하다. 하지만 살수문파의 경우는 반대였다.

진짜 실력 있는 살수문일수록 세간에 이름이 알려져 있지 않다.

그들은 한정된 의뢰인에게서만 의뢰를 받으며, 의뢰를 마친 후 감쪽같이 사라진다.

의뢰인조차 제대로 정체를 모르는 살수문파이기에 피해를 입은 쪽에서는 추적조차 하지 못한다.

그러니까 이 세 사람이 들어 보지 못한 살수문파라는 건 그만큼 저력이 있는 곳이라는 뜻이었다.

"정말 모르겠네요, 소가주. 이 제갈화영이 모르는 살수문파라니. 소가주께서 언급하신 걸 보면 실력이 별로인 곳도 아닐 텐데, 대체 어떤 곳이죠?"

"그러면 이건 어때요? 신비살객에 대해 들어 본 적 있으신 분?"

"아……!"

"신비살객!"

"그자에게 당한 자는 마치 급사한 것처럼 자연스럽게 죽음을 맞이한다는 그 신비살객 말입니까?"

남궁혁이 고개를 끄덕였다.

신비살객은 무림에서도 아주 유명한 자객이었다.

특히 유명한 것은 그의 독특한 암살 방식이었는데, 신비살객은 암수를 쓸 때 그 어떤 무기도 쓰지 않았다.

자객이라면 반드시 들고 다니는 표창이나 수리검, 작은 단도는 물론이고, 독 같은 것도 사용하지 않는다.

그러면 그가 어떻게 상대를 처리하느냐, 바로 열 개의 손가락이었다.

신비살객에게 당한 이들은 어느 날 잠에서 일어났을 때 온몸에 하나둘 나 있는 멍을 발견했다.

자다가 구른 것인가 대수롭지 않게 생각하고 넘어간 그들은 며칠 후, 갑자기 급사해서 죽음을 맞이하곤 했다.

너무 자연스러워서 한동안 이것이 살수의 짓이라고 생각한 사람은 아무도 없었다.

그랬던 것이 누군가의 소행이라고 밝혀지게 된 연유는 다음과 같았다.

죽은 자의 주치의였던 의원이 오해를 받게 됐는데, 그 의원이 억울하다며 관에 항소를 하는 바람에 수십 명의 의원이 달려들어 그 죽은 자의 시신을 검시한 것이다.

그리고 내공이 사람의 몸을 상하게 해 죽음에 이르게 만들었다는 결과가 나왔다.

보통 내공으로 혈을 제압하는 것과는 달리, 이 신비살객은 근육을 제압했다.

내공으로 근육을 압박해 근육이 저절로 사멸되게 만든 것이다.

네다섯 군데에 생긴 멍에서 시작된 사멸은 점차 주요 장기 쪽으로 번져 나갔고, 끝내 폐나 뇌, 심장의 근육이 사멸돼 죽음을 불러온다.

상대가 일반인이냐 무림인이냐의 차이는 그 기간이 길고 짧음의 차이 정도였다.

이 사실이 널리 퍼지자 급사한 시신들의 몸을 살피게 되었고, 그 중 몸에 멍이 든 시신을 확인한 결과 같은 방식으로 죽음을 맞이한 이들이 속속들이 발견되기 시작했다.

그리고 시신에서 발견된 흔적 때문에 이것이 누군가의 청부행이라는 사실이 밝혀졌다.

무공에도 조예가 깊었던 한 의원이 죽은 지 얼마 안 된 시신에 남아 있던 이질적인 내공의 존재를 찾아낸 것이다.

자객이 내공을 통해 이러한 상처를 만들고, 상대를 죽음에 이르게 만든 게 분명했다.

누구도 얼굴을 본 적 없고 과연 존재하는 게 맞는지 확실치도 않지만, 이런 신비한 수법으로 살수를 펼치는 그에게는 신비살객이라는 이름이 붙었다.

얼마 전 화산파에서도 신비살객에 의해 죽음을 맞이한 이가 있었기에, 남궁혁의 측근 세 사람도 이에 대해 알고 있었다.

"그러면 방금 말씀하신 무영살문이 신비살객이 속해 있는 문파란 말입니까?"

여산허가 자연스러운 추론을 내어놓았다. 남궁혁이 고개를 끄덕이자 모두가 놀랐다.

신비살객의 정체에 대해서는 제대로 알려진 것이 하나도 없었다.

누군가는 그에 대해 아니까 의뢰를 맡기는 게 아니겠냐마는, 쉽게 접할 수 없는 정보인 것은 확실했다.

그런데 그에 대해서 남궁혁이 알고 있다니.

"그렇다면 신비살객이 무영살문의 문주인 겁니까?"

"그건 아닐 거예요. 무영살문의 살수들이 모두 신비살객이라고 말하는 게 맞겠죠."

남궁혁의 말에 제갈화영이 이해했다는 듯 고개를 끄덕였다.

"개개인의 이름이 없는 점조직이군요. 그런데 그 문파가 어떻게 민 총관이 말한 단점을 상쇄할 수 있는 건가요? 제가 알기로 신비살객은 계속 정파인을 암살해 왔는걸요. 굳이 분류하자면 사파에 가까운 것 같은데, 과연 저희와 잘 어울릴 수 있을까요?"

"무림의 모든 것이 정과 사, 그리고 마로 나뉘어 있다는 편견이 바로 무영살문을 이해하기 어렵게 하는 거죠."

"저는 소가주께서 무슨 말씀을 하시는지 모르겠습니다."

민도영이 입을 열었다. 좀 더 제대로 된 설명을 해달라는 부탁이었다.

남궁혁은 잠시 생각에 잠겼다. 어디부터 어디까지 얘기하는 게 좋을까.

당연하게도 무영살문, 그리고 신비살객에 대해 알게 된 것은 이전 삶에서다.

이전 삶의 정마대전에서 무영살문은 무림맹의 편에 섰었다.

대다수의 살수문파가 사파에 속해 있는 것을 생각하면 기이한 일이었다.

게다가 신비살객은 유독 정파인만을 암살해 왔기에 정파 내에서도 반발이 심했다.

하지만 당시의 무림맹주는 무영살문의 문주이자 신비살객의 우두머리인 '진짜 신비살객'과 대화를 나눈 후 그의 문파를 받아들였다.

당시 그들이 무림맹과 손을 잡으며 바뀐 부분이 하나 있었는데, 바로 무기를 사용하는 것이었다.

정마대전이 한창인 와중에 가하는 마교에 대한 습격은 평온한 상태에서 정파인을 습격하는 것과는 다르니까.

그때 남궁혁은 맹주의 지시를 받아 특별히 혼자서만 무영살문이 사용할 무기를 만든 적이 있었다.

지금까지 한 번도 보지 못한 아주 독특한 무기였는데, 그것은 손목에 거는 팔찌의 형태를 하고 있었다.

고리를 풀면 잘 휘어지는 단검으로 쓸 수도 있고, 잠금장치를 풀면 독침이 나오는 등 암살자에게 특화된 무기였다.

남궁혁은 무영살문의 문주와 직접 대화를 나누면서 그들이 필요한 무기의 도안을 그렸기에 그와 만날 수 있었다.

그리고 그때 남궁혁도 똑같은 질문을 했다. 사파인 당신들이 왜 정파 무림을 돕느냐고. 오히려 마교가 득세하면 당신들 세상이 아니냐고.

그때 신비살객의 답변이 참으로 인상적이었다.

"우리는 사파가 아니오. 물론 마교도 아니고, 정
파도 아니지. 우리를 굳이 말하자면 이 세상의 균형
을 위해 무공을 사용하는 조율자라고나 할까."

신비살객이 남궁혁에게 말해 준 무영살문의 목적은 이랬
다.

정과 사, 그리고 마의 균형을 바로잡는 것. 이를 통해 세
상의 균형을 유지하는 것.

정마대전이 일어나기 전까지 무림은 정파의 세상이었다.
사파 세력은 남쪽 산맥 아래로 밀려나 겨우 명맥만 유지하
고 있었다.

그러니 무영살문이 상대하는 것은 당연히 정파의 요인들
밖에 없었던 것이다.

하지만 정마대전이 일어나고, 정파가 몰살의 위기에 처
하자 무영살문은 본인들이 주장하는 세상의 균형을 위해 정
파를 돕기로 결정한 것이다.

무림에는 정말 수많은 문파가 있으니 이런 목적을 가진
이들이 있다고 해도 이상하지 않았다.

이전 삶의 남궁혁은 무영살문에 대해 그렇게까지 좋은 감정을 갖고 있진 않았지만, 지금은 조금 달랐다.

자연의 균형에 대해 이해하게 된 덕분이었다.

그런 그들에게 지금 마교가 준비하고 있는 이 크나큰 전쟁에 대해, 그리고 마신을 불러낸다는 균형을 깨는 사태에 대해 알린다면 손쉽게 한편이 될 가능성이 있었다.

그렇게만 된다면 웬만한 살수 문파를 복속시키는 것보다 훨씬 나은 효과를 가져올 수 있다.

남궁혁은 적당히 얘기를 각색해서 세 사람에게 들려주었다.

제갈화영은 그 이야기의 신빙성에 대해 염려했지만 민도영은 남궁혁이 이런 식으로 둘러대는 이야기가 한두 번이 아니었고, 그 결과 믿어도 된다는 결론을 냈으므로 조용히 고개를 끄덕였다.

"민 총관께서도 괜찮을 거 같다 하시니 저도 그 방법이 제일 좋을 것 같아요. 하지만 문제가 있답니다, 소가주."

"뭔데요, 군사?"

"말씀하신 대로라면 소가주께서도 그들과 어떻게 접촉하는지 모르신다는 뜻이잖아요? 아무리 우리와 뜻을 같이할 수 있는 사람들이라도 만날 수 없다면 무용지물이지요."

"그 방도를 찾고자 제갈 군사를 모신 것 아니겠어요?"

남궁혁의 말에 제갈화영은 잠깐 놀랐다가, 다시 배시시 미소 지었다.

"그러네요. 그 일은 제 일이지요…… 생각해 보니 아주 방법이 없진 않을 것 같네요."

"아, 정말요? 벌써?"

"제가 누굽니까, 천기신녀 제갈화영입니다. 소가주께서 말씀하신 바를 곰곰이 생각해 보니 방법이 떠올랐답니다."

"그들과 접촉하는 데 총관부에서 필요하신 게 있다면 언제든 지체 없이 말씀해 주시길 바랍니다."

제갈화영의 말에 민도영이 답했다. 그러자 제갈화영은 이 자리에 있는 모두를 돌아보며 말했다.

"민 총관뿐 아니라 이곳에 계신 모든 분들의 도움이 필요하여요. 그리고 특히, 소가주께서 중책을 맡아 주셔야겠어요."

제갈화영의 입가에 미소가 감돌고, 모두가 그녀의 입에서 나오는 계책에 귀를 기울이기 시작했다.

*　　　*　　　*

한 달 후.

남궁장인가가 수상쩍다는 소문은 가장 먼저 하오문에서

흘러나왔다.

하오문 섬서 지부장이 남궁장인가에 심어 둔 간자가 이상한 낌새를 눈치챈 것이다.

남궁혁의 개인 대장간 근처에서 일하는 하인은 최근 소가주가 부하들을 잃고 상심에 빠져 있더니, 갑자기 대장간 재료를 대량으로 주문하고 대장간에 콕 박혀 있다는 사실을 전했다.

그거야 그리 수상쩍은 일이 아니었다. 대장장이가 대장간에 박혀 있는 게 뭐 그리 큰일인가.

그런데 얼마 후. 대장간의 굴뚝에서 연기가 그쳤다.

연기가 그쳤는데도 남궁혁은 대장간 안에서 거의 나오지 않았다.

가끔 밖으로 나올 때는 굉장히 심각한 얼굴과, 환희에 찬 얼굴이 오락가락 바뀌어 댔다.

민도영은 물론이고 제갈화영도 심각하기 짝이 없는 얼굴로 대장간을 오갔고, 두 사람이 뭔가를 진지하게 상의하기도 했다.

그리고 운이 좋게도, 하오문이 심어 둔 하인은 그 두 사람의 대화를 얼핏 들을 수 있었다.

"대체 저 신검을 어떻게 하면 좋겠습니까. 군사,

뭔가 생각이 있으십니까?"

"팔 수는 없죠. 팔아서도 안 되고. 하지만 저건 신
검이라고 하기엔 적합지 않아요. 오히려 마검이죠.
괴물에 가까운 힘이에요."

"제갈 군사, 말조심하십시오. 아무리 그래도 마검
이라니……."

"하지만 사실이잖아요. 저건 너무 위험한 검이에
요. 소가주께서 고민하는 이유를 알 것 같아요."

"저도 이해합니다. 누구의 손에도 들어가서는 안
되는 검이 우리에게 있으니……."

하인이 들은 것은 거기까지가 끝이었다. 하지만 그것만
으로도 하오문이 들썩거릴 만한 소문이긴 했다.

다른 문파였다면 소문의 진위를 확인하겠지만, 상대가
누군가. 남궁장인가요, 기린지장 남궁혁이다.

얼마 전 해남검문으로 신물인 해남파형검을 수리하러 갔
다는 정보도 있지 않았나.

충분히 신검, 그것도 모자라서 제갈가의 천기신녀가 '저
것은 마검이다'라고 할 정도의 검을 만들어 낼 수 있는 실
력자인 것이다.

하오문 섬서 지부장은 대체 이 정보를 어디에, 얼마에 팔

아야 하나 고심했다.

이런 초대박 정보는 제대로 팔아 줘야 했다. 하지만 아직 좀 아쉬운 부분이 있었다. 신검의 존재가 확실시 되면 더 좋으리라.

그때 마침 신검에 대한 정보를 물어 왔던 하인이 또 한 번의 대박을 터트렸다.

그렇게 쉬쉬하던 신검의 존재를 두 눈으로 똑똑히 확인한 것이다.

일부러 길을 돌아 남궁혁의 개인 대장간을 지나가던 그는 살짝 열린 문틈으로 뭔가가 번쩍거리는 모습을 봤다고 한다.

호기심 겸 첩자로서의 의무감이 그를 대장간 문 앞으로 이끌었다.

그리고 그는 봐 버린 것이다. 마치 용암이 들끓는 듯, 엄청난 열기와 함께 붉게 빛나는 한 자루의 검을.

비록 그 직후 남궁혁이 나타나 화들짝 놀라며 여기서 뭘 하는 거냐고 추궁한 탓에 자세히 볼 기회는 없었지만, 그것만으로도 충분했다.

하오문 섬서 지부장은 함박웃음을 지으며 이 정보를 값비싸게 처줄 각 문파에 연락을 보냈다.

그와 동시에 중원 전역에서 엄청난 신검의 존재가 나타

났다는 소문을 뿌렸다.

자고로 약간의 소문은 진짜 정보의 가격을 올려 주는 소중한 존재니까.

그 소문은 마치 기름을 뿌린 마른 가을 들녘에 불을 지핀 듯 미친 듯이 퍼지기 시작했다.

모두의 관심이 북쪽을 향하기 시작했고, 문파들은 신검의 정보 값으로 하오문에 어마어마한 거액을 제시했다.

섬서 지부장은 쾌재를 불렀고, 남궁혁을 비롯한 민도영, 제갈화영, 그리고 여산허 또한 또 다른 의미로 쾌재를 부르고 있었다.

*   *   *

하오문을 통해 남궁장인가에서 만든 신검에 대한 소문이 들불처럼 무림 전역에 번져 나간 후.

남궁장인가에는 은밀한 손님들이 수도 없이 드나들기 시작했다.

본가인 남궁세가부터 남궁혁과 친분이 있는 문파들은 물론이었고, 비밀에 싸여 있던 일인전승 문파들까지 남궁장인가를 방문했다.

그들의 목적은 전부 하나였다.

소위 신검이라 불리는 그 검, 그것을 손에 넣고자 하는 것이었다.

물론 남궁세가나 제갈세가 등 남궁혁과 친분이 깊은 곳에서는 어느 정도 예의를 차렸다.

그런 엄청나고 위험한 검이 있다는 소문을 들었는데 어찌 처리할 것이냐, 남궁장인가가 부담이라면 우리가 그것을 보관해 주겠다는 식이었다.

겉치레라도 이렇게 말하는 곳은 좀 나았다.

그 검을 사고 싶다며 다짜고짜 금을 수레에 싣고 온 문파도 있었고, 실력으로 받아 가겠다며 무기를 꺼낸 이도 있었다.

물론 후자의 경우 열이면 열 남궁혁과 몇 합 겨루지 못하고 쓰러졌지만.

이에 남궁장인가의 경계도 강화됐다. 무림에서 이름 좀 날린다는 대도(大盜)들이 신검을 노리기 시작한 것이다.

밤마다 검은 야행복을 입은 신형들이 담벼락을 넘다가 일전에 제갈화천이 남궁혁의 요청에 따라 깔아 둔 기관진식에 걸리거나 기린대에 의해 붙잡혔다.

습격 계획을 세우던 무리들이 지남단에게 들통나 남궁장인가의 감옥에 갇히기도 했다.

때문에 남궁장인가가 있는 섬서 북쪽은 세가가 세워진

이래 가장 흉흉한 분위기였으나, 평범한 이들이 오고 가는 데는 아무런 문제가 없었다.

오히려 치안이 강화된 덕분에 간혹가다가 있는 절도나 취객 간의 싸움 같은 것마저 깨끗이 사라질 정도였다.

그런 거리를 한 명의 과객이 털레털레 지나가고 있었다.

"좋은 동네로군."

그는 신경을 곤두세운 무림인들 옆으로 평화로이 자신들의 일상을 유지하고 있는 사람들을 보며 중얼거렸다.

시장의 상인들이 기르는 개는 밥을 배부르게 먹고 늘어져 있고, 아이들은 검을 찬 무사들이 무섭지도 않은지 그 사이를 이리저리 뛰어다니며 놀고 있었다.

짐승이 살기 좋은 곳은 사람 또한 살기 좋으며, 아이가 밝게 자라는 곳은 더할 나위 없이 좋은 곳이다. 위정자라면 본보기로 삼을 만한 동네였다.

"이런 곳이니 그런 끔찍한 것이 태어났는지도 모르지."

사내는 초립을 깊게 눌러쓰곤 장인대로를 지나쳤다.

그의 이름은 무영(無影).

무영살문의 수많은 무영 중 한 사람이자 유일한 무영. 신비살객이라는 이름을 갖고 있는 이들 중 가장 뛰어난 자. 무영살문의 문주가 바로 그였다.

남궁장인가의 신검에 대한 소문이 무영살문에 들어온 것

은 하오문이 그 사실을 접한 직후였다.

하오문은 모르고 있겠지만 무영살문은 각 정보문파에서 기밀로 취급하는 사안들도 확보할 수 있을 정도로 무림 전역에 세세하게 정보원들을 깔아 놨으니까.

그 사실들을 사사로이 썼다면 티가 났으리라. 하지만 지금까지 그 기밀들을 무림의 균형을 유지하는 데만 사용했기 때문에 개방이나 하오문도 정보가 새어 나가고 있다는 사실을 전혀 모르고 있었다.

무영은 처음 남궁장인가의 신검에 대해 들었을 때 별 반응을 보이지 않았다. 그것은 그저 '사실'일 뿐이다. 무영에게 유용한 '정보'가 아니었다.

무영살문이 신경 쓰는 것은 오로지 세상의 균형을 무너트리는 것뿐이니까.

하지만 세상의 모든 관심이 그 검을 향하자 조금 상황이 달라졌다.

저 많은 문파들이 관심을 가질 만큼 위력이 있는 검이라면 무영살문이 확인을 할 필요성이 있었다.

최근 마교가 한 번 무림맹을 들쑤시긴 했지만 무림은 여전히 정파의 세상.

더 이상 정파의 힘이 강해지는 것은 그리 바람직한 일이 아니었다.

비록 남궁장인가가 구파일방과 정파 무림맹 그 어느 곳에도 신검을 넘기지 않으려는 태도를 취하고 있지만, 그들 또한 이미 정파 중에서는 상당한 힘을 갖추고 있는 세력.

정파에 더욱더 힘이 실리리라는 것은 자명한 이치였다.

무영은 신중했다. 여러 번 정보원을 파견했고, 모든 정보원들이 그 검의 위력에 대해 침이 튀도록 말하며 위험성을 경고하자 마침내 문주인 그가 나섰다.

그의 목적은 두 개였다.

하나는 남궁장인가에 잠입해 소위 신검을 파쇄하거나, 혹은 훔쳐 와 누구도 손대지 못하는 곳에 보관하는 것.

또 다른 하나는 신검을 만든 장인인 남궁혁을 제거하는 것.

신검을 제거한다고 해도 그걸 만든 장인이 버젓이 살아 있다면 아무 의미가 없으니까.

초립을 눌러쓴 무영은 자연스러운 발걸음으로 장인대로를 지나쳤다.

한 식경 정도를 더 걷자 장인대로의 끝, 남궁장인가가 모습을 드러냈다.

무영은 정문에서 남궁장인가의 현판을 바라보다가 왼쪽으로 방향을 틀었다.

남궁장인가의 대문을 기준으로 왼, 오 양편에는 각기 방문객들을 위한 별채가 마련되어 있다.

오른쪽에는 주로 방문을 약속한 손님이나 귀빈, 즉 구파 일방의 사람들이나 상단, 전장 등이 머물 수 있는 별채가 마련되어 있고, 그 별채의 뒤에는 그들이 이끌고 온 하인이나 호위 무사들이 묵는 숙소가 있었다.

반대로 왼쪽에는 남궁장인가의 식객들이 머물고 있었다.

세가 운영을 위해 다양한 식자들을 모시자는 제갈화영의 건의에 따라 작년에 지붕을 올린 건물이었다.

이 좌측 별채의 특징은 오는 이를 제약하지 않는다는 것이다.

또한 세가에 도움을 주면 그에 상응하는 보답을 충분히 해 주었기에, 중원을 떠도는 학식 있는 이들이 종종 들러 머물다 가곤 했다.

때문에 남궁장인가 전체가 신검을 지켜내기 위해 잔뜩 날이 선 와중에도 이곳은 한가롭기 그지없었다.

무영은 당당하게 좌측 별채의 정문을 두드렸다.

서둘러 뛰어나온 하인은 무영을 평가하려는 기색도 없이 공손하게 인사하며 물었다.

"세가를 찾으신 객이신지요?"

"그렇다. 이곳 소가주께서 인덕이 높아 사람들의 의견을 자주 구하신다 들었는데. 내게도 방을 내주실 수 있나 여쭤

어라."

"방은 당장이라도 안내해 드릴 수 있지만 소가주께서는 요새 바쁘셔서 바로 만나실 수는 없습니다. 괜찮으시다면 먼저 안으로 드시고, 제가 객이 오셨다는 말을 전하겠습니다. 어디에서 온 뉘시라 전할까요?"

"이름을 전한다 해도 아직 그만큼 탁월한 재주를 선보인 적이 없어 모르실 게다. 그저 서천에서 온 아무개가 뵙자 청한다 해 다오."

"알겠습니다. 그러면 이쪽으로 오시지요."

하인은 아무것도 캐묻지 않고 무영을 방으로 안내했다.

너무 조심성이 없는 것 아닌가, 오히려 경계심이 들 뻔했지만 무영은 곧 그 생각을 접었다.

이곳에 오기 전 남궁장인가에 대해서는 꼼꼼히 조사를 마친 터였다.

이곳 사람들은 사람의 정이나 진심, 혹은 내면의 정의를 지나치게 믿는 경향이 있다고 한다.

그런 마음가짐으로 상대를 대하다 보니 상대를 의심하는 법이 없었다.

그래서 이 좌측 별채에는 아무 재주도 없으면서 편히 밥이나 얻어먹자는 생각으로 방을 청하는 이도 많았다.

하지만 의심이나 재촉 하나 없이 무조건 베풀어 주고, 받는 만큼 성실히 움직이는 남궁장인가의 분위기 속에 있다 보면 죄책감이 들고 일어나 뭐라도 하게 된다던가.

그러니 무영에게 아무것도 묻지 않은 것 역시 별달리 의심할 일은 아니었다.

게다가 별채 여기저기에서는 논쟁을 하거나 서책을 읽으며 여유롭게 뜰을 거닐고 있는 이들 등, 무영이 둘러댄 것과 별다르지 않은 처지인 듯한 이들이 많이 보였다.

오히려 무영이 일하기에는 쉬워진 것이니 걱정할 필요는 없어 보였다.

지금까지 신비살객이 그 많은 살행을 저질러 오면서 잡히지 않은 이유 중 하나가 바로 이것이었다.

그들은 평범한 자객처럼 담을 넘지 않는다. 정문으로 들어온다. 그리고 다시 정문으로 나간다.

상대가 죽음에 이르기까지 시간이 꽤 있기 때문에 오히려 이편이 안전하다.

대부분의 경우 무영살문이 점찍은 상대는 규모가 큰 문파나 세가에 속해 있기 때문에, 짧게는 삼 일에서 길게는 칠 주야까지 문 안을 들락날락거린 사람들의 숫자가 어마어마해 그들을 도무지 추적할 수가 없었다.

사람이 여럿이라 그때마다 취하는 신분도 천차만별이었으니, 신비살객이 다녀갔다는 사실을 알아도 대체 누가 신비살객이었는지 추론하는 것은 불가능했다.

게다가 이번 남궁장인가의 움직임은 무영이 활동하기에 아주 편하게 되어 있었다.

외부의 습격이나 도둑들에 대비하다 보니 외부에서 내부로 들어오는 방향의 경계는 평소의 세 배 이상 강화되어 있다.

하지만 내부에서 내부로 향하는 샛길들은 평소와 같거나 훨씬 더 경비가 적었다.

무영이 목표로 하는 신검이 있는 대장간 주변의 경계도 심하게 강화되어 있긴 했다.

허나 무영은 신검이 대장간이 아닌 다른 곳에 있다는 걸 알고 있었다.

이미 정보원을 통해 알아본 정보였다. 하오문의 간자가 신검을 두 눈으로 확인한 후, 신검은 비밀리에 남궁혁의 처소로 옮겨졌다.

이 사실에 대해 아는 것은 남궁혁과 최측근 몇 명이 전부인 것으로 확인됐다.

때문에 남궁혁의 처소는 평상시와 경계가 똑같았다.

아무래도 방비는 남궁장인가 최강의 무력인 남궁혁 하나로 충분하다고 생각한 모양이었다.

아니면 신검이 위치를 바꿨다는 걸 아무도 모를 거라고

생각했던가.

현명한 선택이었다. 자고로 적을 속이려면 아군을 속여야 하는 법이다.

누가 봐도 경비가 잔뜩 강화된 대장간에 신검이 있으리라고 생각하지, 평소와 다를 게 없는 남궁혁의 처소에 있을 거라고는 생각지 못하리라.

'하지만 아무리 잔꾀를 부려도 무영살문의 눈을 피해 갈 수는 없지.'

무영이 그렇게 생각을 정리하는 사이 하인은 야트막한 담이 있는 방 앞에 멈춰 섰다.

"이곳이 나으리께서 쓰실 방입니다."

"고맙네."

무영은 문을 열고 들어가서 방을 한번 휘휘 살펴보는 듯하더니, 이만 인사를 하고 물러나려는 하인을 불렀다.

"방 안에 물이 고였군. 지난 밤 온 비가 샌 모양인데."

"비가 샜단 말입니까?"

하인은 눈이 동그래져선 방 안으로 들어왔다.

분명 아침에도 쓸고 닦은 방인데, 비가 샜다니?

그가 방 안으로 들어오자, 무영은 빠르게 문을 닫고 그의 목 뒷덜미를 수도로 내리쳤다.

"억……!"

하인은 순식간에 쓰러졌다. 무공을 익히지 않은 하인이 특급 살수의 손을 피할 수 있을 리가 없었다.

죽인 것은 아니었다. 신비살객은 어디까지나 세상의 균형을 깨는 것만을 해치우는 존재. 하인을 죽여 없앤다면 자신의 정체를 숨기기 훨씬 용이하겠지만 그것은 무영살문의 이념에 반하는 것이었다.

무영은 기절한 하인을 방구석에 눕혀 놓고 옷을 꺼냈다.

그 옷은 놀랍게도 방금 무영이 기절시킨 하인의 옷과 같았다.

남궁장인가가 하인들에게 계절마다 지급하는 옷. 이렇게 체계가 잘 잡혀 있으면 오히려 자객과 같은 이들은 침입하기가 쉬워진다.

일일이 남의 옷을 벗기고 입으면 쓸데없는 시간이 소요되니까.

그는 옷을 벗고 자신의 목에서부터 발목에 이르기까지 몇 개의 혈도에 빠르게 손을 댔다.

그러자 뼈가 우두둑 우두둑 소리를 내며 급격하게 형태를 바꾸기 시작했다.

얼굴도 마찬가지였다. 그가 양손으로 얼굴을 감싸고 몇 군데를 주무르자 무영은 옆에 쓰러져 있는 하인과 똑같은 얼굴이 되었다.

'그럼 슬슬 가 볼까.'

준비를 마친 그는 하인의 얼굴을 한 채로 방에서 나왔다. 그러고는 방에 누가 있는 것처럼 공손히 인사를 했다.

"그러면 푹 쉬시고, 불편한 점이 있으시면 언제든지 저를 부르십시오, 나으리."

옆을 지나가던 식객은 누가 또 왔나 싶어 방 안을 들여다보려 했지만, 방 주인이 휴식을 취하려는 듯 문이 꽉 닫혀 있어 도통 그 안에 누가 있는지 알 수가 없었다.

그 방 주인이 지금 하인의 얼굴을 하고 별채와 본채가 이어진 쪽으로 가고 있음은 더더욱 눈치를 채지 못했다.

별채에서 본채로 들어가는 문에서도 별다른 제지는 없었다.

당연했다. 오후의 해가 점점 서쪽으로 향하는 시간. 동시에 하늘이 가장 밝은 시간. 가장 경계심이 없는 시간이다.

이 시간에 자객이 하인으로 가장한 채 내부를 자유롭게 돌아다니고 있으리라고 아무도 상상하지 못했으리라.

"객당의 손 씨로군, 소가주께는 무슨 일이오?"

아무런 제지도 받지 않고 남궁혁과 그 가족들이 머무는 별채 앞에 도착한 무영은 용건을 묻는 경비 무사에게 천연덕스럽게 말했다.

"객당에 새로 객이 오셔서 소가주께 알려 드리러 왔는데,

어디 계십니까?"

"소가주께선 잠시 대장간에 가셨는데. 곧 돌아오실 테니 그냥 들어가 기다리시오."

경비 무사는 순순히 그를 안으로 들여보내 주었다.

결국 무영은 여기까지 오면서 아무런 제지 없이 남궁혁의 처소 앞에 도착할 수 있었다.

'무르군.'

남궁장인가에 대한 무영의 감상은 그랬다. 지나치게 물렀다.

가장 무서운 적은 바깥의 적이 아니라 안에 있는 적인 법인데, 이곳의 소가주는 안에 적이 있을 수도 있다는 생각을 전혀 못하는 사람 같았다.

하긴 하오문이 심어 둔 간자가 그렇게 많다는 사실을 알았을 때부터 그 생각을 하긴 했지만 고작 하인의 얼굴을 했을 뿐인데 아무 문제없이 여기까지 오다니.

믿음, 신의, 그런 것도 좋다. 하지만 세가가 이토록 바깥의 일에 경계하면서 내부인에게는 아무런 경계심도 갖지 않는다는 점이 무영에게는 너무 무르게 느껴졌다.

다른 곳에 잠입했는데 이런 반응이라면 분명 함정을 의심했을 것이다.

하지만 남궁장인가의 분위기가 어떠한지에 대해서 무영

은 이미 잘 알고 있었다.

제갈가의 천기신녀도 남궁장인가로 몸을 옮긴 후, 쓰는 전략이 유해졌다는 말이 있을 정도니까.

무영은 혀를 끌끌 차며 남궁혁의 처소 안으로 들어갔다.

신검은 남궁혁의 방에 있는 병풍 뒤 비밀 공간에 있다고 했다.

무영은 바닥의 먼지조차 흐트러트리지 않는 발걸음으로 물 흐르듯 병풍에 다가갔다. 그리고 주변을 살폈다.

제갈화천이 남궁장인가에 설치한 기관진식에 대해서는 이미 조사를 마친 바였지만 방심할 수는 없었다.

세가를 구성한 사람이 무르다고 해서 기관진식까지 무르지는 않을 테니까.

우선 그는 손가락을 가볍게 퉁겼다. 내공을 살짝 담은 마찰음이 사방으로 퍼져 나갔다.

위력은 미미했다.

애초에 공격을 위한 동작이 아니었다.

그는 귀를 기울여 퍼져 나간 마찰음이 벽에 부딪칠 때의 소리를 듣고자 했다.

벽의 재질이나 두께에 따라서 부딪치고 흡수될 때의 소리는 천차만별이었다.

천렬침이나 독액진처럼 벽 안에 여러 가지를 숨긴 기관

진식은 대번 티가 난다.

또 지나치게 섬세하게 만들어진 기관진식은 이렇게 내공을 담은 손가락 퉁기기만으로도 가볍게 조작을 어긋나게 만들 수 있었다.

하지만 두세 번 더 마찰음을 내보아도 무영의 귀에는 단단한 벽에 부딪혀 사라지는 소리만 들렸다.

'조금 이상하군.'

무영은 고개를 갸웃하며 주변을 다시 살폈다.

제갈세가의 기관진식은 그 진을 어디에 설치하느냐에 따라 종류가 달라졌다.

대량 살상을 위해 만드는 진은 주로 외부에 설치하게 되는데, 그런 진은 발동 조건이나 작동이 까다롭지 않고 단순하다.

반대로 이런 내부에는 작고 섬세한 기계 수십 개로 돌아가는 진을 설치하는 편이었다.

그런데 전혀 반응이 없다니?

무영은 고민하다가 발을 내디뎠다.

무영살문이 사전에 조사한 바로는 여기에 뭔가 설치가되어 있다고 했다.

그런데 이렇게까지 반응이 나타나질 않는 걸 보면 진을철거했거나 고장이 난 모양이었다.

아니면 그저 마취 독을 바른 침 몇 개 쏘아 보내는 수준의 기관진식이거나.

그 정도라면 문제될 것도 없었다. 무영은 자신의 실력을 믿었다.

무림의 일에 개입하려는 금위군 통령을 제거하러 황궁까지 들어가고도 무사히 살아 나왔던 그가 아닌가.

비록 황실의 기관진식 서른일곱 개 중 다섯 개를 건드려 버렸지만 무영을 다치게 한 건 아무것도 없었다.

그는 더 이상 고민하지 않고 병풍 뒤로 다가가 벽에 손을 뻗었다.

기관진식을 확인하느라 시간이 꽤 지체됐다.

누군가 잠재운 하인을 발견하거나 갑자기 남궁혁의 방 안으로 들어올 수도 있었다.

'여기군.'

뭔가가 손에 걸리는 느낌이 나자, 무영은 힘을 주어 그 부분을 조작했다.

달칵—

어떤 장치가 움직이는 소리가 들린 순간,

쾅—!

이어서 엄청난 소리가 들렸다.

무영은 지금 이 상황이 믿을 수 없다는 듯 눈을 깜빡였다.

그가 피할 사이도 없이 두껍고 촘촘한 철창이 천장을 뚫고 내려와 순식간에 그를 가뒀다.

무영이 당황하는 사이, 무영이 열려고 했던 비밀공간이 모습을 드러냈다.

그 안에 몸을 숨기고 있던 남궁혁이 걸어 나오며 무영에게 말을 걸었다.

"드디어 만났군요. 신비살객. 아니면 무영살문주라고 불러 드릴까요?"

무영은 당황한 기색을 감추지 못했다. 그러나 그것도 잠시였다.

무림 최고 살수문파의 수장답게 그는 곧바로 이 상황을 파악했다.

"그런 거였군. 복잡한 기관진식이었다면 알아차렸으련만 이처럼 단순한 함정이었다니……."

무영은 고개를 내저었다.

남궁장인가에서 설치해 둔 건 기관진식이라고 부르기도 뭐할 정도로 기본적인 함정이었다. 거의 새덫에 가깝다고 해야 할까.

오히려 실력이 하찮은 자였다면 눈치를 챘을지도 모른다.

이건 무영의 경험이 발목을 잡은 격이었다.

제갈세가의 기관진식에 대한 경험, 그리고 온갖 경계가

삼엄한 문파와 세가에 잠입한 경험들이 바로 머리 위에 있는 단순한 것을 눈치채지 못하게 만들었다.

"그렇습니다. 당신을 만나기 위해서 우리 군사가 좀 머리를 썼지요."

"나를 만나기 위해서?"

무영이 눈을 가늘게 떴다.

비밀 공간에서 튀어나온 것은 무영이 목표로 했던 남궁장인가의 소가주 남궁혁이 분명했다.

그런데 그가 자신을 만나려고 했다니?

"그러고 보니 아까 나를 보고 무영살문주라고 칭했던가."

"네, 그렇습니다."

"본문의 수많은 신비살객 중 그 누가 문주인지, 아니 그 전에 우리가 하나의 문파를 이루고 있다는 사실을 아는 이조차 극히 드문데. 내가 어찌 무영살문주라고 확신하지?"

"당신의 검은 손톱을 보고요."

남궁혁은 대수롭지 않다는 듯 내뱉었다.

이 또한 이전 삶의 무영에게 들은 것이었다.

열 개의 검은 손톱은 무영살문주에게 대대로 내려져 오는 무공을 극성으로 익혔을 때 드러나는 특성으로, 이는 그 어떤 모습으로도 변용할 수 있는 무영이라도 바꿀 수 없는 것이었다.

이것이 무영살문주의 특징이라는 것을 알고 있는 자는 더더욱 드물었기에 무영의 표정이 심각해졌다.

"……자네, 대체 뭐지?"

"그저 당신과 앞으로 무림의 균형에 대해 심도 있게 얘기를 나눠 보고 싶어 자리를 마련한 사람이죠."

무림의 균형. 남궁혁의 입에서 나오는 한 마디 한 마디가 무영의 귀에는 심상찮게 들렸다.

무영살문의 문도가 아니라면 그 누구도 짐작조차 못할 말들을 남궁혁은 아무렇지 않게 얘기하고 있는 것이다.

'설마?'

무영의 머릿속으로 한 가지 가정이 빠르게 스치고 지나갔다. 하지만 곧 고개를 저었다.

그럴 리 없었다. 설마 눈앞에 서 있는 청년이 무영살문에서 오래도록 기다려 온 일영(日映)일 리가!

"대체 우리에 대해 어떻게 알았는지는 모르겠으나, 그 정도까지 알고 있다니. 설마 신검에 대한 소문도 나를 꾀어내기 위함이었나?"

"네, 맞습니다."

남궁혁은 순순히 고개를 끄덕였다.

무영살문이 세상의 균형을 위해 존재한다는 사실을 전하자 제갈화영은 신검에 대한 소문을 이용한 전략을 전개했다.

그런 목적을 가진 문파라면 세상을 움직일 수 있는 대단한 검에 반드시 관심을 가질 테니까.

이를 위해서 남궁혁과 민도영의 연기가 필요했고, 하오문의 협조 아닌 협조(?)와, 소문에 기름을 부을 지남단이 필요했다.

물론 연기와 소문만으로는 아무것도 할 수 없으니 진짜 '신검'이 필요하기는 했다.

여기에는 남궁혁의 대장장이 기술이 가볍게 활약했다.

방법은 그리 어렵지 않았다. 잘 녹지 않는 합금을 만든 뒤, 그걸 빛을 투과시킬 수 있을 정도로 아주 얇게 펴서 검처럼 보이는 하나의 조형물을 만든 것이다.

그리고 하오문의 간자가 어떻게든 신검을 실물로 보려고 애를 쓸 때, 그 검 모형 안에 활활 타는 비장탄을 넣어 둔 것이 전부였다.

무공을 익히지 않은 간자의 눈에는 검이 저절로 타오르며 불을 뿜는 것처럼 보였으리라.

그리고 이 모든 것이 제갈화영의 진두지휘 하에 착착 맞아 떨어져 나가 지금 무영이 여기 날개 꺾인 새처럼 갇혀 있는 것이다.

"나 하나 붙잡자고 벌인 일치고는 너무 크군. 신검이 가짜라니. 그동안 신검을 얻고자 했던 이들이 그 사실을 알면 가만히 있지 않을 텐데."

"가만히 있지 않는다면 어떤 꼴을 당하는지도 잘 알 텐데요. 최근에 있었던 습격 사건들에 대해서 다 아실 거 아닙니까?"

남궁혁이 어깨를 으쓱였다.

사실 이번 사건에는 제갈화영의 숨겨진 의도가 하나 더 있었다.

바로 무림 전체에 남궁장인가의 힘을 보여 주는 것.

이미 남궁장인가는 중견문파의 규모를 넘긴 지 한참이다. 허나 아직까지도 남궁장인가에 대한 세간의 인식은 중소문파를 쉽게 넘어서지 못했다.

부단히 수련한 무사들의 실력을 보여 줄 만한 일이 딱히 없었으니까.

그렇다고 마교의 침입을 대비하는 상황에서 정파 간에 싸움을 걸 수도 없다.

하지만 상대가 먼저 쳐들어온다면? 그걸 받아치는 건 별문제가 되지 않았다.

게다가 이번에 남궁혁은 남궁세가에게도 굽히지 않았다.

이건 시사하는 바가 컸다. 이제는 남궁장인가가 남궁세가의 비호를 받아야 하는 문파가 아님을 알린 것이다.

남궁세가와 관련해서 제갈화영의 또 다른 노림수가 있었

는데, 바로 남궁혁이 훗날 남궁옥과의 혼인을 거부해야 할 때 상황을 유리하게 이끌어 가기 위해서였다.

남궁장인가가 더 이상 남궁세가의 밑에 있는 세력이 아니라는 걸 인지시킨다면 쉽사리 혼사를 강요하지 못할 테니까.

남궁혁과 민도영에게도 말하지 않은, 소중한 친우 두 사람을 위한 제갈화영의 안배였다.

"그래서 없는 신검을 갖고 대문파들에게 강짜를 부렸단 말인가. 득보다 실이 많을 것 같은 전략인데."

"언제나 모든 것을 얻을 순 없죠. 마냥 그들의 비호만 받고자 한다면 굳이 그래야 할 필요가 없겠지만, 앞으로 있을 큰 국면에서 목소리를 내기 위해선 당연한 선택이었습니다."

"큰 국면?"

"네. 조만간 무림 전역에 아주 큰일이 닥칠 겁니다. 바로 당산을 만나고자 한 이유이기도 하죠."

남궁혁은 그렇게 말하며 철창 한쪽에 나 있는 문을 열었다. 그러고는 무영에게 나오라는 듯 손짓하며 입을 열었다.

"다만 이렇게 손님을 가둬 둬서는 제대로 된 대화가 안 될 것 같네요. 후원에 자리를 마련했으니 그쪽으로 가시죠."

남궁혁의 빈틈을 노려 철창을 부수고 도망칠 계획을 짜고 있던 무영이 되레 당황할 지경이었다.

"오만하군. 내가 도망치려고 해도 잡을 수 있다는 자신감인가?"

"아니요. 당신이 도망치는 것보단 마신 재림에 대해 더 관심을 보일 거라는 확신에서 나온 자신감이죠."

"마신의 재림?"

무영의 얼굴이 눈에 띄게 굳어졌다. 남궁혁은 자세한 얘기는 자리를 옮긴 후 하겠다는 듯 더 이상 입을 열지 않았다.

남궁혁의 오만함에 무영은 황당할 정도였다. 무영의 정체를 알고 있는데도 이렇게 태연하게 문을 열어 주는 자는 이 무림에 없으리라.

동시에 자존심이 상했다. 남궁혁이 호언장담했던 대로, 마신 재림이라는 말을 듣자마자 무영은 그 사실을 상세하게 알아야 하는 입장이 되어 버렸다.

마신에 대해서는 무영살문도 어느 정도 정보를 갖고 있었다.

그리고 마신이 재림하면 어떤 일이 일어나는지에 대한 정보도 있었다.

물론 지금까지 마신이 이 땅에 내려온 적이 없으니 마인들이 추측한 정보에 불과할 테지만, 그래도 무영살문이 갖고 있는 정보가 다른 무림문파의 정보보다는 많을 터였다.

일반적으로 같은 신체적 조건, 같은 시간, 같은 수준의 내가기공을 수련한다면, 초반의 성취도는 사파의 내가기공이 앞선다.

하지만 사파의 무공이 불안정하며 주화입마에 들거나 심마에 드는 경우가 많다는 것은 널리 알려진 사실이다.

때문에 안전하게 내공을 쌓을 수 있는 정도를 걷는 이가 많은 것이다.

그런데 이 사파와 정파의 내가기공이 가진 각 장점만을 취한 것이 있다면?

이것이 바로 마공이다.

마공의 초반 성취가 사파에 비할 바는 못 되지만 정파보다는 압도적이며, 사파에 비해 안정적이고, 종래에 가서는 정파의 내가기공보다 더 많은 내공을 모을 수 있다.

마공이 뛰어난 심공이어서가 아니었다.

마공에는 사파나 정파의 내가기공에는 없는 일종의 덤이 있었다. 바로 마신의 힘이라는 덤이었다.

마공은 내가기공이되 동시에 마신과의 연결 고리를 만드는 작업이다.

이를 통해서 마신의 힘을 얻어 더욱 강력한 존재가 되고

자 하는 것이 마공의 목적이었다.

허나 이 세상에 허락된 마신의 힘은 제한적이다.

때문에 마교는 마공을 익히는 이들의 숫자를 통제했다.

적당한 실력의 다수보다는 실력 있는 소수로 교를 이끌어 나가기 위함이었다.

그래서 교인 중에서도 뛰어난 이들만을 골라서 마공을 익히게 했다.

하지만 이것에도 한계가 있음이 지난 백 년 전 정마대전에서 드러났다.

고수의 숫자는 밀리지 않았으나 절정의 숫자에서 차이가 심각했다.

애초에 여러 세력이 뭉친 구파일방과 오대세가의 전력은 절대 무시할 수 있는 수준이 아니었다.

화경급 고수가 아무리 일당백이라고 해도 대등한 실력자가 있으면 무슨 소용인가.

때문에 마교는 패퇴하고 저 멀리 화염산까지 밀려났다.

그때부터 마교는 공공연하게 마신 재림을 입에 담기 시작했다.

마인들이 마신의 힘을 무제한으로 받을 수 있도록 마신의 힘을 이 세상에 풀어놓는 것.

그것이 바로 마신 재림.

그것만 성공한다면 마교의 전력은 순식간에 수십 배로 늘어나리라.

허나 이에 수반되는 조건이 까다로웠기에 무영살문은 별로 신경을 쓰지 않았다.

마교에서 마신 재림을 외친 것이 하루 이틀 일도 아니니까.

그런 마신 재림을 남궁혁이 입에 담았다.

마교에서 말하는 '마신검'을 만들 수 있을 만한 실력 있는 대장장이가.

"설마, 얼마 전 해남검문에서 자네를 납치하려고 했던 것이 그것과 관련이 있는 건가?"

"역시 무영살문이군요."

남궁혁이 긍정하자 그제야 무영이 철창 밖으로 발을 내디뎠다.

무영살문도 해남검문에서 있었던 일에 대해서 정보를 많이 입수하지는 못했다.

기존에 해남검문에 닿아 있던 끈들이 환서영으로 인해 전부 죽어버렸으니까.

그나마 남은 자들에게 필사적으로 접촉해 마교가 이 일에 개입했다는 사실만 알았을 뿐이었다.

왜 생각을 못 했을까. 그들이 남궁혁을 납치하려고 한 이유가 단순히 실력자여서가 아니라 대장장이여서라는 것을 깨달았어야 했는데.

마신 재림이 허망한 구호가 된 지 오래라고 생각했기에 전혀 끈을 이을 수 없었다.

무영은 자신이 그간 너무 오만했고, 또한 안이했다고 자책하며 남궁혁의 뒤를 따랐다.

남궁혁은 무영을 후원에 있는 한 정자로 안내했다.

따뜻한 차와 간단한 다과가 준비되어 있는 자리에 앉아, 무영은 남궁혁을 관찰했다.

대체 이자는 누구인가.

무영은 남궁혁에 대해 잘 알았다. 제거할 대상에 대해 조사를 해 보는 건 당연한 일이었으니까.

비록 그를 제거하려던 이유는 그의 뛰어난 무공 때문이 아니라 신검을 만들 수 있는 실력자라는 판단 때문이었지만, 그래도 무공에 대해서도 상당 부분 알고 있었다.

많은 사람들이 궁금해 하는 그가 화경의 경지까지 뛰어오르게 된 주요 원인, 즉 환귀곡의 비밀까지 알고 있었으니 사실상 모르는 게 없다고 해도 무방했다.

그러나 그 모든 걸 알고 있다고 해도 남궁혁을 일영이라 판단하는 것은 쉽지 않았다.

일영. 태양을 뜻하는 다른 말이나, 이 말은 무영살문에서는 전혀 다른 뜻으로 사용됐다.

　먼 옛날 무영살문의 시조가 문파를 창시하면서 남긴 책 한 권에는 이런 말이 적혀 있었다.

　　우리는 그림자조차 없는 존재다. 뒤따를 태양이 없기 때문이다. 허나 언젠가 단 하나의 일영이 나타날 것이니. 그날 우리에게는 길게 늘어지는 그림자가 생기리라.

　무영살문에서는 대대로 이 한 줄의 문장 때문에 갑론을박이 끊이질 않았다.

　그들은 무림의 균형을 지키는 존재다.

　정파의 지배도 사파의 독재도 마교의 중원 장악도 허락하지 않는다.

　그런 그들이 결국 누군가를 따라야 한다니?

　게다가 일영이라니, 그렇다면 무영살문은 결국 정파를 위해 만들어졌다는 뜻인가?

　그렇게 의문이 꼬리에 꼬리를 물고, 결국 이 문장에 대한 의견은 두 가지로 갈라졌다.

　일영은 단순히 무영살문이 따를 최강자를 뜻한다는 해석이 첫째였다.

현재의 문주인 무영은 이 첫 번째 해석을 믿었다.

그리고 전혀 반대되는 두 번째 해석이 있었다.

태양은 언제나 하늘 위에 있는 것이 아니라 뜨고 지며, 구름에 가려 그늘을 만들기도 하고 부드러운 햇살을 내리쬐기도 한다.

즉, 제대로 된 '균형자'의 의미가 아니겠느냐는 해석이었다.

일리 있는 해석이기는 했지만, 무영살문의 문도들도 무림인인지라 후자보다는 전자가 일영이라 믿고 싶어 하는 이들이 많았다.

무영살문은 세상의 균형을 유지하기 위해 암약하는 이들이다.

아무도 인지하지 못하는 곳에서 세상을 좌지우지한다는 것은 사람을 오만하게 만든다.

그래서 역대 무영살문주 중에서는 그 사실에 취해 오히려 중원의 지배자가 되려고 했던 이도 있었다.

세상을 움직인다는 자부심이 있는 이들이 머리를 숙이려면 최소한 자신들을 누를 만한 힘이 있어야 하지 않겠는가. 아니면 두 번째 의미를 완벽히 충족하거나.

그런 점에서 남궁혁은 두 개의 해석 중 후자의 해석에는 참 잘 어울리는 인물이었다.

또한 무영은 생각할수록 남궁혁이 일영의 특징을 전부 충족한다는 점도 신경 쓰였다.

시조는 일영의 존재를 언급하면서 동시에 일영이 갖춰야 할 조건을 열거했다.

태양은 타는 용암이 아니라 푸른 바다에서 떠오르므로, 대문파의 비호를 받은 이가 아니라 스스로 일어선 자일 것.

정도든 패도든 자신만의 길을 가는 자일 것.

자연의 균형을 이해하는 자일 것.

그리고 마지막으로, 무영살문의 존재를 아는 자일 것.

지금까지 전자의 조건들을 충족하는 이는 많았다. 허나 마지막 조건을 채운 자는 없었다.

무영살문에 대해 안다고 해도 그들을 그저 최고의 살수 문파로 알 뿐이지, 남궁혁처럼 수많은 신비살객 중 무영살문주가 누군지 정확히 파악하고 무영살문의 존재 의의에 대해 아는 이는 없었다.

무영은 남궁혁이 말하는 마교와 마신 재림에 대한 얘기를 들으면서 계속 그가 일영일까 아닐까에 대해 고심했다.

일영의 존재는 남다르다.

무영이 남궁혁을 일영으로 모신다면 무영살문은 당연히 그를 따르리라.

그러나 무영살문이 지금까지의 중도를 깨고 한 세력을

선택한다면 그들이 지키고자 한 세상의 균형은 심각하게 깨질 가능성이 있다. 그러니 신중하게 생각해야 했다.

일영을 알아보는 방법이 시조가 말한 조건들이 아니라, 무영의 검은 손톱처럼 알아보기 쉬운 것이었으면 얼마나 좋았을까.

그렇게 생각에 빠져 있는 동안 남궁혁은 지금까지 있었던 일들에 대해 전부 털어놓았다.

비록 남궁혁을 잡아 가는 데는 실패했지만 마교는 분명 다른 대안을 찾으려 노력할 것이다.

또한 남궁혁에게 마신검의 재료인 마신석이 있지만 이게 하나라는 보장도 없었다.

"……결국 마교가 마신검을 만들고 마신 재림에 성공한다면 중원은 엄청난 피해를 입을 겁니다. 교에 귀의하지 않는 이들은 민간인이라도 도살하겠죠. 사전에 막지 않으면 정파가 이에 대항하는 건 힘들 거예요. 아마 지금의 정파 무림 그 이상으로 마교의 세상이 될 겁니다. 그건 결코 무영살문이 바라는 바가 아니죠."

"그래서 결국 제게 하고 싶으신 말씀이 무엇인지?"

무영의 말투가 공손해졌다. 상대가 무영살문이 모실 일영일지도 모르는 상황에서 더 이상 무례하게 굴 수가 없었다.

"무영살문과 손을 잡고 싶습니다. 아시다시피 마교가 중원으로 침입할 경우 남궁장인가는 그 최전선입니다. 무영살문이 정보전이나 암살 전략에 대해 도움을 준다면 균형이 맞을 겁니다."

남궁혁은 최대한 유하게 말했다.

강압적으로 나갈 생각이었다면 애초에 무영살문을 고르지도 않았을 것이다.

힘으로 복속시켜 봤자 반발심만 생길 뿐이니까.

그래서 무영의 말이 공손해진 것이 좋은 신호라 여겼다.

남궁혁의 말에 무영은 잠시 고민하다가 입을 열었다.

"무영살문은 특정한 세력과 손을 잡지 않습니다. 아무리 다른 한쪽의 힘이 압도적으로 커진다고 해도 말입니다. 물론 교의 음모에 대해 알게 되었으니 이를 좌시하진 않을 겁니다."

남궁혁의 입에서 작은 한탄이 새어 나왔다. 무영이 돌려 말했지만 분명한 거절이었다.

이 정도에서 만족해야 하나.

실패할 거라고는 생각하지 못했다. 지금이라도 좀 세게 나가야 하나 싶었지만 무영이 마음을 먹는다면 남궁혁 앞에서 당장 사라지는 건 일도 아니었다.

이렇게 좋은 관계를 맺어 놓고 웃으며 보내는 것이 장래를 위해 더 나을 터였다.

"다만, 예외가 있습니다."

"예외요?"

"당신이 일영이라면 문제는 해결됩니다. 그리고 저는 당신이 일영일 가능성이 상당히 높다고 생각하고 있습니다."

"아…… 무영살문이 주인으로 모신다는 그 일영이요?"

남궁혁이 일영에 대해서까지 알고 있자 무영의 눈이 경악으로 물들었다.

자신은 그저 일영이라는 이름 하나만을 입에 담았을 뿐이다.

남궁혁이야 이전 삶의 무영에게 들은 사실이었지만 지금의 무영으로는 놀랄 수밖에 없었다.

이전 삶의 무영은 정파를 선택하면서도 자신들이 모실 일영이 누군지 모르겠다며 남궁혁에게 한탄을 늘어놓았다.

그런데 지금 무영은 그 일영이 남궁혁일지도 모른다고 얘기하고 있었다.

'거기까진 생각을 못했네.'

과거 무영에게서 일영의 조건에 대해 들었음에도 남궁혁은 미처 거기까지 생각하진 못했다.

그걸 생각해 냈다면 자신이 일영인 척 접근할 것을.

그랬다면 이렇게 길게 얘기를 하고 있을 필요도 없지 않은가.

물론 남궁혁이 일영인 척 연기를 잘할 수 있었을지는 알 수 없지만.

"가능성이 높다는 건 무슨 뜻인가요? 조건은 충족하는데 그것만으로는 일영이라고 판단할 수 없다는 건가요?"

"……그렇습니다."

무영에게는 일영을 판단할 책임이 있었다.

무영살문이 활용하지 않고 쌓아 둔 정보의 양과 질은 어마어마하다.

그들은 구파일방과 사대세가의 비밀 대다수를 보유하고 있지만 무림의 균형을 해치지 않는 이상 이를 활용하거나 유출하지 않았다.

그런데 그게 누군가의 손에 들어간다면 파장이 클 것은 당연했다. 신중해질 수밖에 없었다.

"그러면 앞으로 판단해 나가면 될 일이네요."

"예?"

"제가 일영인지 확실치는 않지만 그럴 가능성이 있다면, 한동안 저와 손을 잡고 저를 지켜보면 되는 일 아닙니까?"

"그렇긴 합니다만……."

무영은 남궁혁의 말에 당황했다.

남궁혁이라는 자가 패도를 지향하는 게 아니라는 건 알

고 있었지만, 대놓고 자신을 계속 관찰하고 일영에 걸맞은 자인지 재 봐도 된다고 말할 줄은 몰랐다.

보통의 무인이었다면 무영의 말에 불쾌해하면서 자신이 일영에 걸맞은지 아닌지 보여 주겠다며 한 판 붙자고 했을 것이다.

통상적인 반응이다. 무영도 그랬다면 망설임 없이 한 판 붙어 봤으리라.

"제가 원하는 건 무영살문의 전부가 아니에요. 물론 아예 한 편이 되어 전력을 다해 준다면 고마운 일이지만, 당장은 우리 지남단을 지도해 주고 도와주는 일로도 충분해요. 그렇게 동맹의 형식으로 함께하죠. 그러면서 계속 저를 지켜보세요. 가까이에서 보면 제가 일영인지 아닌지 파악이 될 거 아닙니까?"

생각보다 배포가 큰 인물이다, 무영은 그렇게 생각했다.

누군가가 자신을 관찰하고 평가하려는 것을 버틸 수 있는 이는 별로 없다.

힘이 있는 자라면 오히려 자신이 옳다고 주장하기 위해 상대를 복속시킨다.

기나긴 중원의 역사 동안 자신의 아집을 세상에 강요하고 패악을 부리다가 비참한 죽음을 맞은 왕과 황제가 얼마나 많았던가. 무림에서도 그런 일은 드물지 않았다.

반대로 자신이 틀렸을지도 모른다, 그 자리에 걸맞지 않을지도 모른다는 마음으로 스스로를 가다듬으며 주변의 쓴소리와 감시의 눈초리를 받아들이고 반대편을 행동으로 설득하려 애썼던 성군은 얼마나 드물었던가.

많은 사람들이 전자의 패도를 추앙한다. 후자의 성군이 되고 싶어 하는 이는 별로 없다.

그만큼 힘든 길이라는 것을 다들 본능으로 아는 것이다. 하지만 후자가 전자보다 더 강하다는 사실까지 깨닫는 이는 적다.

거친 바람은 가라앉고 잠잠해지지만, 따사로운 태양은 언제나 그 자리에서 지치지 않고 끊임없이 빛을 비춘다.

그 힘을 의심하는 존재에게 오늘도, 내일도, 그 언제라 해도 이 모습 그대로 나타날 것이므로 얼마든지 의심해 보라는 것처럼.

어쩌면 지금까지 무영이 생각했던 일영에 대한 해석은 틀린 게 아니었을까.

지금 눈앞에 보이는 이자가 바로 일영이 아닐까.

"좋습니다. 우리 무영살문은 당신과 함께하겠습니다."

무영은 결단을 내렸다.

은막에 싸여 있던 살수문파 무영살문이 남궁혁을 따르기로 결정한 이 순간은 훗날 호사가들이 정마대전과 남궁혁을 입에 올릴 때 빠지지 않고 언급되곤 한다.

*　　　　*　　　　*

　무영살문은 조용히 합류했다.

　남궁장인가는 원래도 사람들의 교류가 많은 세가다.

　마치 가랑비에 옷 젖듯, 백여 명이 넘는 신비살객은 제각기 다른 얼굴과 이름을 한 채 남궁장인가에 자리를 잡았다.

　누군가는 하인이 되었고, 누군가는 정식으로 남궁장인가의 무사가 되었으며, 누구는 상단의 마부, 기린표국의 표사, 민도영의 총관부 사람이 되는 등, 스며드는 방식도 제각각이었다.

　사실 그들 전부가 신비살객, 즉 살수를 펼치는 문도는 아니었다.

　남궁장인가에 스며든 이들은 주로 정보 수집을 위해 움직이는 이들이었고, 무영의 말에 의하면 살행을 위해 움직이는 이들은 스무 명 남짓이라고 했다.

　그들이 여기 온 이후 지남단과 제갈화영은 생각 이상으로 바빠지기 시작했다.

　지남단은 무영살문으로부터 다양한 전략 전술을 전수받기 시작했다.

덕분에 군사의 지위에 있는 제갈화영 또한 새로운 것들을 익혀야 했지만 그건 아무것도 아니었다.

그보다 제갈화영을 더욱 당황하게 만든 것은 무영살문이 가져다 준 압도적인 질과 양의 정보였다.

제갈화영이 누군가. 무림 최고의 두뇌 집단 제갈세가에서 천재 소리를 들으며 자란 여자였다.

투병 생활이 길었지만 집안 돌아가는 일에 대해선 많은 것을 알고 있었고, 또한 제갈세가가 수집하는 수많은 무림의 정보에 대해서도 머리에 넣고 있었다.

제갈가가 가진 정보는 개방이나 하오문에 못지않다. 오히려 잡스러운 정보는 모으지 않고 큰 국면에 한 방을 날릴 수 있는 기밀만 취급하기 때문에 제갈가의 정보력이 정보 문파들에 비해 한수 위라고 평가하는 이들도 있었다.

게다가 자기들의 정보에 대해서는 털끝만큼도 유출을 용납하지 않는 게 제갈세가였다.

그런 곳에서 자란 제갈화영이 자기 집안의 온갖 치부가 다 들어 있는 자료를 받았으니 그야말로 당황할 수밖에.

심지어 그 안에는 제갈화영이 아는 내용은 물론 모르는 내용까지 있었다.

더 놀랄 만한 것은 이게 전부가 아니라는 점.

무영이 모든 정보를 남궁장인가에 넘기는 것은 아직 위

험하다고 판단한 탓이었다.

남궁혁이 말했던 대로 그를 판단해 본 후 차근차근 넘기는 정보의 수위가 올라가리라.

그럼에도 무영살문의 합류로 인해 정보력은 대문파를 능가할 정도가 됐다는 사실을 인정할 수밖에 없었다.

제갈화영이 무영살문을 통해 받은 정보로 새로운 전략을 구상하는 동안 민도영도 바빠졌다.

행정 업무를 기꺼이 나눠 주던 이가 바빠진 데다가, 제갈화영이 앞으로 구상하는 전략이 어떠한가에 따라 민도영의 총관 업무도 양상이 달라질 수 있으니까.

때문에 남궁혁은 별로 할 일이 없었다.

무영을 설득하고 난 후 실질적으로 지남단의 훈련 방향은 무영과 지남단주인 여산허, 그리고 제갈화영이 논의했다.

무영살문이 갖다 준 정보는 특급과 일급만 확인했다. 그 정보를 가지고 앞으로의 전략을 고심하는 건 제갈화영의 일이지 소가주인 남궁혁의 일은 아니니까.

남궁혁은 제갈화영이 적당한 전략 몇 가지를 들고 왔을 때 본인의 의지와 목적에 맞는 것을 판단할 수 있는 정보와 혜안만 있으면 되는 일이었다.

물론 남궁혁이 할 일이 아주 없지는 않았다.

대표적으로 지난 번 무영살문을 꾀기 위한 미끼로 사용했던 '신검'에 관한 일이 있다.

실체는 없으나 이미 그 존재에 대한 소문이 퍼져 버렸으므로 이를 어떻게든 처리해야 했다.

이제 와 '신검은 가짜였고, 우리는 있지도 않은 것을 있는 척하며 당신들의 요구를 묵살하고 거절하고 진실을 얘기해 주지도 않았답니다. 거기에 있지도 않은 신검을 노리고 덤벼든 당신들의 자객을 전부 몰살시켜 버리기도 했죠.'라고 말할 수는 없는 노릇이지 않나.

이대로 계속 버티는 것도 나쁘지 않은 생각이었지만 그랬다간 정파 전체를 적으로 돌릴 가능성도 있었다.

자신과 한편이 아닌 자가 힘을 갖는 것을 경계하는 것은 인간의 본성이다.

같은 정파라 해도, 마교가 호시탐탐 중원 진출을 노리고 있다 해도, 달라지는 건 없다.

정말 마교가 중원을 뒤엎을 수단과 방법, 그리고 의지를 갖고 있다는 것, 그리고 그 결과가 어떻게 되리라는 것을 진정으로 알고 있는 건 남궁혁 정도니까.

신검을 갖고 일으킨 소란은 어디까지나 대문파들에게 남궁장인가가 더 이상 만만히 볼 만한 세력이 아님을 각인시키기 위한 것이지, 그들을 적으로 돌리기 위함이 아니었다.

이 문제를 해결하기 위해, 남궁혁은 제갈화영의 지혜와 무영살문의 힘을 빌렸다.

어쨌든 존재하지도 않는 이 신검을 누구의 손에도 넘기지 않으려면, 제거하는 것이 가장 좋은 방법이었다.

남궁혁이 '제거'를 제안하자 제갈화영이 작전을 짜냈고, 무영살문이 이를 실행했다.

그리고 한 달 후, 중원의 무림인들은 그간 무림을 떠들썩하게 했던 신검이 소멸되었다는 소식을 듣게 되었다.

사건의 경위는 이랬다.

신검으로 인해 곤욕을 겪던 남궁장인가는 이 신검을 특별한 곳에 보관하고 누구에게도 소유를 허락하지 않겠다고 밝혔다.

자신이 가지지 못할 거라면 누구도 갖지 못하길 바라던 대문파들은 차라리 잘됐다며 남궁장인가의 결정을 지지했다.

남궁장인가의 행보는 빨랐다. 그들은 적당한 공동을 물색한 후, 그곳에 그 누구도 감히 침범할 수 없는 절진을 펼쳐 놓았다.

제갈세가를 비롯해 다양한 문파들이 이 절진에 도움을 주었다.

물론 그들 중 몇몇은 자신들이 참여해 놔야 몰래 이 절진에 들어갈 때 도움이 될 거라고 여겨서이기도 했겠지만.

어쨌든 다섯 개 문파가 도움을 준 이 절진은 그 누구도, 심지어 남궁장인가 사람도 함부로 들어갈 수 없게 만들어졌다.

공동의 입구를 막는 두꺼운 철문을 닫으며, 남궁혁은 한마디를 내뱉었다.

"어차피 이 절진은 있으나 마나 합니다. 사실 없어도 별 문제는 안 될 거예요."

모두들 남궁혁의 말에 의아해했다. 혹시 공동 안에 신검이 안 들어가고, 남궁장인가가 몰래 빼돌린 거 아니냐는 말도 돌았다.

하지만 상자를 옮길 때 함께한 개방과 남궁세가의 사람들은 분명 신검이 들어 있는 상자에서 엄청난 기운이 느껴졌다고 답했다.

문제는 공동을 닫고 이레 후에 일어났다.

누군가 신검을 얻기 위해 그 수많은 절진을 파괴하고 침범한 것이다.

처참하게 망가진 공동 앞에서 아직 떠나지 않은 각 문파의 대표들은 황망한 표정을 지었으나, 정작 신검을 만든 남궁혁은 여유로웠다. 오히려 신검을 가져간 이를 안쓰러워하기도 했다.

모두들 그 이유를 몰랐다. 삼 일 후, 누군가의 시체가 새까맣게 타 버린 채 발견되기 전까지는.

불에 탄 변사체라니 좀 특이하긴 해도 무림에서 관심을 가질 일은 아니었다.

문제는 그가 쥐고 있던 검 손잡이였다.

거기에 남궁혁이라는 이름이 적혀 있었던 것이다.

죽은 시신 주변으로는 녹아 흘러내린 쇳물이 다시 단단하게 굳어 있었다.

이 괴이한 소식에 개방이 먼저 달려왔고, 지남단 또한 합류했다.

그리고 그 시신이 들고 있던 검 손잡이가 얼마 전 도난당했던 신검의 손잡이임을 밝혀냈다.

지남단의 요청에 서둘러 달려온 천유는 손잡이를 쥐고 있던 자가 몸속의 혈도와 단전이 들끓어 그대로 죽음을 맞이한 것이라 말했다.

단전의 상태로 보아 화경을 이룩한 인물인데 이렇게 죽다니 아쉽다는 말과 함께.

그제야 사람들은 남궁혁이 왜 그토록 여유롭고, 절진이 별 소용이 없다고 했는지 알게 됐다.

왜 그 검을 그 어떤 압박 속에서도 타인에게 넘기지 않았는지도 이해가 갔다.

신검은 신검이되, 동시에 사용자를 죽일 수도 있는 검이었던 것이다.

원래 신검이라 불리는 것들에는 마치 인간처럼 자아가 있어서, 원치 않는 주인과는 힘겨루기를 한다고 하지 않던가.

검을 훔쳐 낸 신원불명의 자도 신검과 힘겨루기를 하다가 그런 비참한 최후를 맞은 게 분명했다.

그럼에도 사람들을 안타깝게 한 것은 화경의 경지를 이룩한 무인이 죽었다는 사실보다 그 힘겨루기 끝에 신검마저 녹아내렸다는 사실이었다.

이 사건은 중원 전역으로 퍼져 남궁혁의 실력과 인품에 대한 인식, 그리고 남궁장인가의 명성을 더욱 강화시켜주었다.

물론 이 모든 것은 남궁혁과 제갈화영, 그리고 무영살문이 있지도 않은 신검을 잘 없애 버리려고 꾸민 적당한 거짓말일 뿐이었지만 말이다.

第三章

남궁혁, 병기당주가 되다

　신검에 대한 일까지 처리된 후, 남궁혁은 다시 평범한 일
상으로 돌아갔다.

　해가 뜨기 전 일어나 수련을 하고, 날이 밝으면 망치를
잡고, 해가 질 때쯤 대장간을 나서 남궁장인가의 일들이 잘
돌아가는지 확인을 하다가 가족들과 저녁을 먹고, 밤늦게
까지 민도영, 그리고 제갈화영의 보고를 들으며 세가의 다
망한 일을 챙기는 하루하루였다.

　어찌 보면 지루하고 안온하기 짝이 없는 나날이었지만
남궁혁은 이 시간이 더없이 소중했다.

　이런 나날이 언제 풍랑에 휩쓸린 조각배처럼 산산조각

날지 모르니까.

게다가 남궁혁은 최근 너무 자주 집 밖으로 나갔다.

외유도 한두 번이고, 나가는 것도 재미가 있어야 나가지.

처음에는 흥미로운 일이 가득했던 외유도 이제는 다양한 일에 얽히니 세가의 세력권 밖으로 나가는 것 자체가 조심스러워졌다.

그랬던 남궁혁에게 또다시 밖으로 발걸음할 일이 생겼다.

그날의 보고를 위해 남궁혁의 처소에 들른 제갈화영이 뜬금없는 말을 내뱉은 탓이었다.

"무림맹에서 소가주를 청하는 사절을 보낼 예정이랍니다. 아, 슬슬 출발했겠네요."

"무림맹에서요?"

남궁혁은 놀랐지만, 정말 깜짝 놀란 수준은 아니었다.

지금까지 이런 일이 몇 번 있었으니까.

무영살문의 정보력을 손에 넣은 후, 제갈화영은 그날그날 중원 각지에서 일어나는 많은 일을 남궁혁에게 보고했다.

그날 새벽 중원 남부 해안가에서 일어난 일이 그날 밤 중원 최북단인 섬서 북쪽 남궁장인가에 도착한다.

대체 그 어마어마한 거리 사이에 무슨 일이 벌어지는지 남궁혁은 놀랍다 못해 혀를 내두를 정도였다.

남궁혁이 내공을 전부 쏟아 부어 전력 질주를 한다고 해도 그 거리를 만 하루에 주파하는 것은 불가능할 테니까.

무영살문은 우리가 아직 한 세력이 된 것은 아니라며 정보를 수집하는 과정을 비밀에 붙였지만, 그래도 한편이 되어 정보를 제공해 주는 것만으로도 대단했다.

그런 무영살문이 오늘은 무림맹의 정보를 물어 온 모양이었다.

"맹에서 요직 중 하나를 소가주께 맡길 생각인 듯해요. 대충 어느 자리를 주려고 하는지 짐작이 되니, 출발하기 전에 맹을 대할 전략을 검토해 보는 것이 좋을 것 같아요. 기왕 받아 낼 거라면 크게 받아 내야죠."

"꼭 가야만 하는 건가요?"

제갈화영은 당연히 가는 것을 전제로 말하다가 남궁혁의 물음에 잠시 말을 멈추더니 이내 다시 입을 열었다.

"안 내키시나 봐요. 무슨 특별한 이유라도?"

"최근 제가 세가 밖을 나가서 좋은 일이 없었잖아요."

"……두려우신가요?"

"설마요. 나 하나 함정에 빠지는 일은 별로 두렵지 않아요. 그 뒤에 따르는 희생들이 가슴 아플 뿐이지."

해남검문의 일이 있은 지도 몇 달이 지났다. 그래도 사람들의 피와 아픔은 쉽게 가시는 것이 아니다.

남궁혁이 생각하는 지도자는 희생을 뒤로하고 앞으로 나가는 존재가 아니다. 희생을 어깨에 들쳐 메고 나아가는 존재다.

그들이 강해야 하는 이유는 눈앞의 적을 물리치는데도 있지만, 아군의 시신을 짊어지고 가야 하기 때문이기도 하다.

쓰러진 동료의 시신을 메고 가는 지도자의 뒷모습이 바로 사람들을 이끌기 때문이다.

아무나 할 수 있는 일은 아니다. 그냥 가기도 힘든 길, 수많은 시체를 등에 업고 다른 이들을 이끌기까지 하면서 가는 게 어디 쉽겠는가.

하지만 그게 가능한 사람이야말로 다른 이들을 이끄는 자리에 설 수 있는 것이다.

"마음 굳게 먹으세요, 소가주. 원래 한 세력을 이끌어 나간다는 일이 다 그렇답니다. 전체의 발전을 위해서 소수의 희생은 따르기 마련이지요."

"하지만 희생을 줄이거나 아예 없앨 수 있다면 그거야말로 최고의 전략 아니겠어요?"

"현실적으로 가능한 것을 따져서 진언해야 하는 군사의

입장으로서, 소가주께서 말씀하신 건 이상론에 불과하다고 다그쳐야겠지만…….”

제갈화영은 순간 널리 알려진 제갈세가의 명 군사, 제갈량을 떠올렸다.

조조군을 피해 신야성을 버리고 달아나던 유비는 제갈량의 만류에도 신야성의 백성들을 모조리 데리고 도피했다.

그것이 도망가는 백성을 쫓는다는 악명을 우려한 조조군의 발을 묶는 용도였다 평하는 이들도 많다.

그 일은 훗날 유비를 논할 때 곧바로 인덕을 떠올리게 하는 이득을 주었지만, 목숨이 경각에 달린 상황에서 결정하기 힘든 일이라는 건 분명한 사실이다.

제갈량은 그래서는 안전하게 도주할 수 없다며 그들을 버릴 것을 제안했지만, 유비는 듣지 않았고, 제갈량은 결국 유비의 뜻대로 모두를 구하는 전략을 고안했다. 그리고 성공했다.

어쩌면 제갈량의 심정이 지금 남궁혁의 앞에 있는 제갈화영과 같지 않았을까.

“……저 같은 전략가마저 그런 게 정말로 가능하지 않을까, 그렇게 생각하게 만드는 사람이야말로 성심을 다해 모시기에 부족함이 없는 분인 것도 사실이지요.”

완벽하게 모든 것이 갖춰진 판을 좌우하는 것도 재밌다.

하지만 누구도 이길 수 없다고 판단한 불리한 상황에서 실낱같은 답을 찾아내는 편이 훨씬 더 짜릿한 것 역시 사실이다.

남궁혁과 함께라면 제갈화영은 그러한 기회를 더더욱 많이 얻게 되리라.

"더욱더 이상을 말해 주셔요, 소가주. 그 이상으로 가는 길은 이 제갈화영이 찾아 드리겠어요."

"정말 믿음직스럽네요. 앞으로도 이 철없는 사람을 잘 부탁드립니다."

제갈화영의 자신감 넘치는 말에 남궁혁이 부드럽게 화답했다. 자신의 말이 이상론에 가깝다는 것을 남궁혁도 잘 알고 있었다.

아마 정치나 전략을 제대로 배우지 못한, 개천에서 난 용의 한계일지도 모른다.

하지만 그렇게 이끌어 온 남궁장인가를 보면, 그리고 그들의 얼굴에 핀 환한 웃음꽃을 보면 도무지 자신이 틀렸다는 생각을 하기가 어려웠다.

게다가 이렇게 든든한 수하들도 있지 않은가.

"얘기가 너무 샜군요. 하던 얘기를 마저 할까요?"

"그러죠. 무림맹에서 무슨 이유로 절 찾는 겁니까?"

"맹의 보급을 소가주께 맡기고 싶어 하는 것 같아요. 해남검문의 일이 무림맹에도 꽤나 경각심을 주었답니다. 숙부께서 지난번에 보내신 서찰을 통해 넌지시 알려 주셨죠. 사실 모용세가의 일 후에도 마교가 워낙 조용하다 보니 아예 물러난 것이 아니냐는 주장도 꽤 많았거든요."

"보급이라면, 보급창 말이에요?"

무림맹 보급창.

무림맹에서 사용하는 무기를 전담으로 생산해 내는 대장간으로, 이전 삶의 남궁혁이 무림맹에서 갖고 있던 직책이 바로 무림맹 보급창의 야장이었다.

"설마요. 대장장이로서의 소가주를 필요로 하긴 하겠지만 소가주께서 일개 대장장이도 아니고. 남궁장인가의 실질적인 수장을 고작 보급창 야장으로 모셔 가겠어요. 제 생각엔 병기당주 정도는 제의하지 않을까 싶네요."

제갈화영의 말에 남궁혁은 지금 무림맹의 체제를 떠올려 보았다.

지난번 사성체제에서 다시 원래의 체제로 돌아갔던 무림맹은 모용세가의 일 이후 사성체제와 평시체제의 중간에 걸쳐 있는 임시체제를 취하고 있었다.

화성부나 수성부 등 직접적으로 검을 들거나 정보를 수집하는 부는 사성체제와 비슷하게 운영하되, 보급 등을 담당하는 곳은 평시와 같이 운영하는 식이다.

보급 및 무림맹의 운영을 담당하는 여덟 개의 당 중 병기구의 생산과 관리를 맡은 곳이 바로 병기당.

이전 삶의 남궁혁이 속해 있던 보급창은 바로 이 병기당 밑에 소속되어 있는 대장간이었다.

보급창의 야장은 자신이 원하는 대로 무기를 만들 수 없다.

지정된 재료로 지정된 물건을 만들어 내야 할 뿐. 이전 삶의 남궁혁은 종종 고수들의 개인 무기를 제작하기도 했지만 그렇게 자주 있는 일도 아니었다.

하지만 병기당주가 된다는 건 일반적으로 무기를 제공한다는 것과 전혀 다른 의미였다.

병기당주는 무림맹 수뇌부 회의에 참석할 수 있는 요직이며 동시에 맹의 모든 군사적 활동에 의견을 제안할 수 있고, 무기와 방어구 보급에 대한 의사결정권은 절대적이었다.

남궁혁이 원하는 대로 무림맹의 무사들을 무장시킬 수 있는 것이다.

지금까지 역대 병기당주는 제갈세가나 사천당가 등이 맡아 왔다.

당가도 혈육이 무기를 직접 제작하는 세가지만 지금까지 대장장이가 직접 병기당주를 맡은 적은 없었다.

자신들이 보유한 실력자가 무림맹으로 유출되기를 바라지 않았으니까.

하지만 가능하다면 병기당주는 대장장이가 맡는 것이 최선이었다.

무기에 대한 이해는 물론이요, 보급창의 야장들을 구성하는 것부터 재료에 대한 파악까지 평범한 무인이 따라올 수 없는 부분이니까.

거기에 무공에 대한 이해까지 있다면 금상첨화였다. 어찌 됐건 무기는 부차적이고, 그걸 들고 휘두르며 전장에서 싸우는 건 무사들이다.

그리고 당금 무림에는 이 두 가지가 전부 갖춰진 이가 있으니, 남궁혁이 병기당주 자리를 제의받을 것이라는 건 당연한 추론이었다.

"지금까지 저희는 딱히 무림맹에 한 일이 없죠. 가맹비를 조금 내는 거 빼곤 다른 문파들처럼 무인을 파견하거나 하진 않았으니까요. 도리어 의뢰와 돈을 받고 무기를 만들어서 무기를 공급했을 뿐이에요. 하지만 소가주께서 원하시는 것처럼 무림맹에서 발언권을 얻으려면 그에 합당한 기여가 필요해요. 그리고 이게 바로 그 기여의 기회죠."

"괜찮네요. 저 혼자로 그런 기회를 얻을 수 있다면야 얼마든지 가야죠."

"그냥 덥석 맡으시면 아니 되어요, 소가주."

"그럼 어떻게 해야 하는데요?"

"우선 이번에 오는 초청장은 정중히 거절해 두겠어요. 한 두세 번 정도는 거절하는 게 좋을 거랍니다."

"그래도 돼요?"

무림맹의 요청인데 그걸 거절한다니? 병기당주 자리가 오래 비게 되면 문제가 터졌을 때 곤란해지지 않을까? 이런 남궁혁의 염려를 읽은 듯 제갈화영이 답했다.

"지금 무림맹에서 병기당을 대대적으로 개편하는 중이어요. 중원 전역에서 실력 있는 장인들을 끌어모으고 있지요. 남궁장인가 주변의 장인들도 몇 명 데려갔답니다. 아마 현재 있는 이들이 체계는 알아서 만들어 둘 거예요. 그들도 바보는 아니니까요. 소가주께서 몇 달 가지 않으신다고 해도 병기당에 문제가 생기진 않을 거랍니다."

"그러면 제가 몇 달 무림맹의 요구를 거절하는 데 무슨 이익이 생겨요? 보통 거절하는 척하는 건 상대를 곤란하게 해서 더 큰 이득을 얻어 내려고 하는 거 아니에요?"

남궁혁의 지적에 제갈화영이 고개를 끄덕였다.

"맞답니다. 그렇지만 반드시 상대가 손해를 봐야만 협상을 할 수 있는 건 아니죠."

"흠…… 그러면요? 자세히 설명해 줘요."

"전술이라는 건 상대가 누군지에 따라 천차만별로 바뀌기 마련이고, 이번 병기당주 인사에 개입하신 건 아마 무림맹 총 군사인 제 숙부님이실 거예요. 그리고 전 그분을 아주 잘 알죠. 소가주를 병기당주 자리에 올리려고 하는 이유는 소가주의 실력과 인품도 있겠지만, 소가주의 명성이 가장 중요한 열쇠여요."

"명성이요?"

아까부터 계속 질문을 하는 기분이었지만, 남궁혁은 거리끼지 않았다.

모르는 거 물어보려고 모신 군사님이 아닌가.

진우가 야장일에 대해서 뭔가를 물어봤는데 모른다면 그건 부끄러워할 일이지만, 전략 전술에 대해서 모르는 건 부끄러워할 일이 아니었다.

"새로이 모인 수많은 야장이 지금까지 운영되던 체계 안에 투입되었답니다. 당연히 마찰이 있을 수밖에 없지요. 무림인끼리는 기존에 있는 명성이 있으니 알아서 서열이 정해지지만 대장장이는 그러기 쉽지 않잖아요?"

"그러니까 결국 가장 유명한 장인인 제가 그 자리에 가는 것이 다른 야장들을 통솔하기 쉽다는 거군요."

"맞아요. 굳이 소가주가 아니어도 괜찮겠지만, 그렇다면 새로 온 야장들이 질서를 만드는 데는 시간이 꽤 걸리겠죠.

그만큼 생산의 효율성도 떨어질 거고요. 웬만한 사람이라면 약간의 효율성 때문에 재차 거절하는 사람을 부르려고 애쓰진 않겠지요. 하지만 숙부님이라면 반드시 자신의 그림을 완성하기 위해 소가주를 포기하지 않을 거랍니다."

제갈화영은 자신의 숙부, 무림맹 총군사 제갈민을 떠올리며 말했다.

그의 완벽주의는 청결 그 자체인 생활 습관에서도 드러나지만, 전략 전술에서도 마찬가지였다.

언제나 자신이 생각하는 최선의 구도를 짜 놓고 모든 것을 그에 맞추기 위해 노력한다.

전략가에도 다양한 유형의 사람들이 있지만 제갈민의 방식은 상당히 특이하다고 할 수 있었다.

보통은 조건에 따라 최선에서 차선, 차선에서 차악, 심지어 최악까지도 목표를 수정하기 마련이니까.

하지만 제갈민은 최선의 조건을 반드시 갖추기 위해 치열하게 노력하고, 그것이 완료되었을 때에만 작업에 착수한다. 그렇기에 그의 전략은 언제나 최선만을 위해 움직인다.

그러니 남궁혁이 몇 번 거절하는 것 정도는 제갈민의 의지를 꺾을 수 없다.

제갈화영은 자신이 파악하고 있는 숙부의 성격에 대해 조곤조곤하게 말하고는 덧붙였다.

"더불어 숙부께서도 저를 잘 아시죠. 이미 저희가 몇 번 거절할 걸 예상하시고 저희가 제시하는 조건 중 받아들일 수 있는 한계를 정해 두셨을 거예요."

전략가들이란…… 남궁혁은 그렇게 생각하며 속으로 혀를 내둘렀다.

이미 서로의 수를 다 예상하고 한 합 한 합 주고받은 후 서로 예상한 수에서 조금 더 많은 것을 얻어내는 쪽이 이기는 것이다.

마치 고수들 간에 실력을 겨루는 것처럼 느껴졌다. 고수들도 서로의 공세를 전부 읽어 내고 대응하다가 한 끝 차로 승부가 갈리지 않던가.

"역시 군사가 있어서 든든하네요. 협상에 대해서는 군사에게 전부 맡길게요."

"저도 무림맹에 따라가라는 말씀이신가요?"

"같이 안 가게요?"

"요새 제가 정말 바쁜 거 잘 아시잖아요. 소가주께서 자리를 비우시는 마당에 저까지 따라간다면 민 총관이 과로로 쓰러지지 않을까 염려되어요. 자리를 털고 일어난 지 일 년도 안 되었지 않아요?"

"음, 그건 그러네요."

생각해 보니 두 여인이 과로로 동시에 쓰러져서 천화의

원 천유를 영입한 것이 그리 오래되지 않았다. 두 사람 다 천유가 지어 준 약을 먹고 많이 회복했지만 역시나 무리해서 좋을 건 없었다.

"걱정 마시와요. 제가 다 준비할 테니 소가주께서는 마음 편히 몸만 다녀오시면 되어요."

"알겠어요, 고마워요."

"별말씀을."

제갈화영은 그렇게 말하고 다음 안건으로 넘어갔다. 무림맹 외에도 남궁혁이 알아야 하는 일은 끝없이 있었다.

*　　　*　　　*

무림맹의 서찰이 도착하고, 남궁혁은 제갈화영의 말대로 무림맹의 방문 요청을 거절했다.

이유는 대충 둘러댔다. 요새 만들고 있는 검이 있어서 자리를 비울 수 없다는 게 핑계였다.

이후의 일은 제갈화영의 예상대로였다.

제갈민은 거절 서찰을 받기 무섭게 재차 방문을 청하는 서찰을 보냈고, 남궁혁은 또 다른 핑계를 대 거절했다.

그렇게 네 번 정도 거절을 하자 제갈민은 무림맹에서 전용 마차와 호위 무사 오십, 이외 무림맹 빈객 숙소 중 특급

귀빈만을 위해 마련된 금화당을 제공하겠다고 나섰다.

사실 남궁혁에겐 있어도 그만, 없어도 그만인 조건들이다.

충분히 신법으로 날듯이 뛰어갈 수 있는 고수고, 남궁장인가의 호위 무사를 대동해도 될 일. 숙소도 지난번 무림맹 비무 대회 때 제공받았던 정도면 쉬는 데 큰 불편은 없다.

하지만 그런 대우를 받으며 무림맹으로 들어간다는 사실이 중요했다. 사람들에게 무림맹이 남궁장인가를 이만큼 후대한다는 사실을 드러내는 거니까.

개인의 명성이라면 모를까, 한 세력의 명성이라는 것은 비단 대 문파 한두 곳이 인정한다고 해서 인정받는 게 아니다.

무림맹에서 목소리를 내기 위한 것이 남궁혁의 현 목표인 만큼 소기의 목적을 달성했다고 볼 수 있었다.

남궁혁이 승낙의 뜻을 담은 서찰을 보내자, 무림맹은 남궁혁을 맹으로 모셔 오기 위해 바쁘게 움직였다.

무림맹 섬서 지부에서 출발한 마차와 오십의 호위 무사가 도착하는 데는 열흘이 채 걸리지 않았다. 그만큼 제갈민의 애가 탔다는 뜻이었다. 아무래도 숙부와 조카의 싸움에서 첫 전투는 제갈화영이 승기를 가져간 모양이었다.

거기에 남궁혁의 안위를 절대 타인에게 맡길 수 없다는

기린대 스무 명이 동행하면서 남궁혁의 행차는 무인 칠십 여 명에 하인 열 명을 대동한 큰 규모가 되었다.

외유를 나갈 때면 자유로이 쏘다니는 것을 선호하던 남궁혁으로는 불편하기 짝이 없었다. 하지만 이 또한 세력을 이끄는 자의 당연한 책무니 갑갑해도 참을 수밖에.

그렇게 총 여든 명의 일행을 이끌고 남궁혁은 무림맹이 있는 중경 옥화산으로 향했다.

*   *   *

여행은 무탈했고 그리 길지 않은 시간 내에 도착한 남궁혁 일행은 무림맹의 큰 환영을 받았다.

보통 무림맹에 중요한 손님이 오는 경우, 그 손님의 경중은 맹주가 천무문, 지무문, 인무문 이 세 개의 문 중 어디까지 마중을 나오느냐에 따라 달라진다.

인무문은 옥화산 주변을 둘러싸고 있는, 민간인을 위한 성문. 지무문은 무림맹으로 들어가기 위한 입구. 천무문은 무림맹의 심처로 이어지는 문이다.

자연 맹주가 멀리 인무문까지 마중을 나갈수록 귀한 손님이라는 뜻이 된다.

맹주가 지무문까지 나오는 경우도 드물다. 보통 구파일

방과 사대세가를 대표하는 장로급 이상의 사절이거나 해당 세력의 장, 그리고 세상에 널리 이름난 고수의 경우에나 지무문까지 나오지, 그 아래 인무문까지 맹주가 마중을 나가는 일은 없다.

아마 무림맹주가 인무문으로 마중을 나가려면 이 나라의 황제 정도는 행차해야 하지 않을까.

그런데 이번에 무림맹 사람들은 남궁혁을 환영하기 위해 지무문까지 나와 있었다.

남궁혁에게 구파일방과 사대세가의 대표 장로급과 동등한 대우를 표하는 것이다.

인무문을 통과하며 무림맹의 무사에게 그 얘기를 들은 남궁혁은 고개를 끄덕였다.

첫 판에서 승기를 빼앗겼으니 제갈민이 남궁혁과 줄다리기를 하려고 들 텐데 반대로 지무문까지 마중을 나왔다니. 이상한 일이긴 하다.

하지만 이 일에 대해서 남궁혁은 제갈화영에게 귀띔을 들었다.

"소가주와 친분이 깊은 청마일검께서 무림맹을 제대로 장악하고 계시는 중이어요. 숙부께서는 처음 기선을 내준 만큼 그다음부터는 주도권을 잡고 싶어

하겠지만, 청마일검께서 계시는 한은 그렇게 쉽지
않을 거랍니다."

청마일검 남궁현암.

남궁혁과 마찬가지로 방계 출신이나, 뛰어난 실력을 성
취한 후 전대 남궁세가주의 양자로 들어간 자.

덕분에 가주에게만 전해지는 남궁세가의 비전을 전부 익
히게 되었고, 무공수련에만 전념하는 그 성격과 제갈세가,
남궁세가의 이해관계로 인해 차기 무림맹주 후보로서 옥화
산에 발을 들인 자.

그는 총군사 제갈민의 예상과 달리 상당한 정치적 감각
과 지도력을 발휘했고, 현재 병중인 맹주 도맹건을 대신하
여 맹주 대리를 맡고 있었다.

남궁현암은 수많은 조카들 중 남궁옥과 남궁혁을 특히나
예뻐했다.

특히 남궁혁과는 많은 나이 차이에도 불구하고 사실상
친우와 같은 정을 느끼며 자주 교류하던 터였다.

그러니 제갈민이 남궁혁과 줄다리기를 하려고 해도 남궁
현암이 가만히 있지 않을 것이라 예상하는 건 당연한 이치
였다.

지무문이 가까이 다가오고 남궁혁이 탄 마차가 그 앞에

멈춰 섰다.

무림맹 사람들이 앞에 있다는 말에 남궁혁이 마차에서 내렸다.

과연, 남궁현암이 무림맹의 요인들을 데리고 그를 마중 나와 있었다.

"오랜만에 뵙습니다, 숙부님."

"어서 오거라. 네가 온다는 소식에 아침부터 기다리고 있었지 뭐냐."

"숙부님도. 이제 맹주 대리신데 저 하나 때문에 이리 나오시면 어떡해요."

두 사람은 무림맹 사람들 앞에서도 크게 격식을 차리지 않고 인사를 나눴다.

사실 남궁혁은 제갈화영의 말을 듣고도 조금 걱정하기는 했다.

최근 남궁세가와 가벼운 갈등이 있지 않았던가.

바로 있지도 않은 신검을 두고 벌였던 은근한 신경전 말이다.

아무리 친한 사이라도 세력 간 이해관계 때문에 멀어지는 경우는 수없이 많다.

게다가 남궁현암은 남궁세가 본가의 덕을 참으로 많이 본 사람이 아닌가.

같은 방계면서 도움은 있는 대로 받아 놓고 정작 필요할 때 거절하는 모습이 안 좋게 비칠지도 몰랐다.

"내가 맹주 대리든, 무림맹주든, 네가 내 소중한 조카라는 것은 달라지지 않는 사실이지. 먼 길 오느라 수고했다. 어서 들어가자."

하지만 남궁현암은 자신의 청수한 옷차림과 같은 숨김없이 맑은 미소로 남궁혁을 환대했을 뿐이다.

남궁혁은 조용히 안도의 숨을 내쉬며 남궁현암이 소개하는 몇몇 무림맹 사람들과 인사를 나누었다.

무림맹에서 내준 호위 무사는 돌려보내고, 남궁혁이 데려온 기린대는 금화당으로 보낸 후. 남궁혁은 남궁현암과 함께 그의 집무실로 향했다.

"그래, 오는 길은 불편하지 않았고?"

"신경 써 주신 덕에 편히 왔어요. 그런데 대체 저를 왜 부르신 거죠?"

이미 다 알고 있으면서도 남궁혁은 능청스럽게 말했다.

"제갈 군사와 얘기를 해 봤는데, 네가 무림맹에서 주요 직책을 하나 맡아 주었으면 해서 말이다."

"혹시 병기당주의 일인가요?"

"……놀랍구나. 너를 청하는 서찰에는 그 얘기를 쓰지 않았던 걸로 기억하는데."

"무림맹에 뛰어난 군사가 있듯이 제게도 훌륭한 사람들이 있으니까요."

남궁혁은 가볍게 어깨를 으쓱였다. 남궁현암은 대단하는 듯 뿌듯한 눈빛으로 남궁혁을 바라보았다.

"그래, 너는 고작 대장장이나 일개 무인으로 일생을 마칠 아이가 아니지. 그 훌륭한 인재들이 네 곁으로 모인 것도 다 그만한 이유가 있어서일 거다. 우리끼리만 있으니 하는 말이다만. 사실 얼마 전 네가 본가의 요청을 거절했을 때, 작은 쾌감을 느꼈단다."

"쾌감이요?"

"나는 너와 같은 조건에서 태어났지 않느냐. 하지만 더 나은 조건을 얻기 위해서 낳아 주신 부모님 대신 본가의 어른을 부모로 모시게 되었지. 비록 같은 성씨라고는 하지만 말이다. 너처럼 자신의 실력을 길러 본가와 대등한 위치에 서서 거래를 할 생각은 추호도 못 했지."

갑작스러운 남궁현암의 고백에 남궁혁은 조용히 듣기만 했다.

남궁현암이 자신을 같은 방계 출신이라는 이유로 더 아낀다는 사실은 알았지만 스스로에 대해서 이렇게 생각하고 있는 줄은 몰랐다.

"나는 그런 너를 뿌듯하고 자랑스럽게 생각한다. 앞으로 어떤 힘든 일이 있더라도 네 길을 포기하지 않고 나아갔으면 좋겠구나."

일에 대한 얘기를 나누다가 튀어나온 진지한 말에 남궁혁은 머쓱해졌다.

하지만 이런 얘기에는 부끄러워할 게 아니라 감사를 표해야 한다는 걸 남궁혁은 잘 알고 있었다.

"응원해 주셔서 감사합니다. 하지만 숙부의 길도 틀린 건 아니에요. 저도 늘 숙부를 자랑스럽게 생각하고 있습니다."

멀디먼 핏줄로 이어진 숙부와 조카는 서로를 보며 머쓱한 듯 흐뭇한 미소를 짓다가 다시 본론으로 돌아갔다.

"다시 아까 얘기로 돌아가서…… 너를 병기당주로 추대한 데는 이유가 있다. 마인들이 대대적으로 움직이고 있단다. 그들이 근거지로 삼은 북서쪽에서 북동쪽, 즉 북해빙궁이 있는 방향으로 빙 돌아서 집결하고 있는 모양이야. 들통나지 않게 하려고 그 많은 인력을 작은 단위로 쪼개 이동하고 있지만 빙궁에서 이를 포착하고 우리에게 알려 주었지. 맹에서는 한 해 안으로 큰 전쟁이 일어날 것으로 예상한단다."

남궁현암의 말을 들은 순간, 남궁혁은 머릿속에 번개가 치는 것 같았다.

마교의 본거지가 있는 북서쪽이 아니라, 정 반대인 북동쪽에서 시작한다.

그것이 남궁혁이 이전 삶에서 겪었던 정마대전의 전초전이었다.

남궁혁은 침을 삼켰다. 손에서 식은땀이 배어 나왔다.

이제는 거대 세력의 장이요, 그 자신도 뛰어난 고수가 되었지만 아직도 이전 삶에서 겪은 죽음의 기억은 생생했다.

죽음을 떨쳐 버릴 수 있는 이는 없다. 그 기억이 남궁혁을 여기까지 이끌었다.

그러니 과거와 비슷한 상황 앞에서 남궁혁은 긴장할 수밖에 없었다.

이 순간을 위해 새로운 삶의 전부를 쏟아 부었으니까.

"……제가 병기당주 자리를 받아들이면 제 권한은 어떻게 되는 건가요?"

남궁혁은 다시 차분함을 되찾은 후 물었다.

"병기당주는 그렇게 어려운 자리가 아니니까 걱정할 필요는 없다. 아마 네가 남궁장인가에서 하듯이 하면 될 거야."

"그러면 제게 제 소속의 부대가 생기고, 무림맹의 결정에 대한 권리가 생기는 건가요?"

남궁혁의 말에 남궁현암은 순간 당황했다.

병기당주는 팔당 중 하나지만 사실 그렇게까지 거창한 권한이 있는 자리는 아니었다.

수뇌부 회의에 참석할 수 있고 발언권이 있긴 하지만 보급을 담당한다는 특성상 수뇌부의 결정을 받아들이고, 정무리한 요구나 명령이 있다면 수정해 달라는 건의를 올릴 수 있는 정도였다.

제갈민이 남궁혁에게 요구하는 것도 딱 그 정도의 역할이었고, 남궁현암은 정략적 이해자로서 제갈민의 뜻에 동의했다.

"그 정도는 아니지만, 장인으로서 네 실력을 충분히 발휘할 수는 있을 거란다."

"고작 그 정도를 원하시는 거라면 굳이 저를 부르신 이유를 모르겠는데요."

남궁혁과 남궁현암의 시선이 한 점에서 부딪쳤다.

서로를 아끼는 숙부와 조카지만, 서로에게는 각각 맡은 책임과 역할이 있다.

무림맹의 요청에 따라 방문했는데 마중조차 나오지 않는다든가, 면담을 신청했는데 계속 기다리게 한다든가 하는 저급한 밀고 당기기를 하지 않는 것으로 남궁현암은 조카에 대한 예의를 다했다.

제대로 협상에 임하는 것은 친분과는 별개의 문제였다.

"숙부께서 아시다시피 저는 남궁장인가라는 한 세력을 이끄는 실질적인 수장입니다. 그리고 저희 세가가 어느 정도의 규모와 힘을 갖고 있는지는 맹주 대리인 숙부께서도 잘 아실 겁니다. 저는 그곳을 운영하기도 바쁩니다. 그럼에도 무림맹의 요청을 받아 여기까지 온 건, 제가 최전선에서 제 세력을 운용해 마교에 대항하는 것보다 더 큰 역할을 할 수 있다고 생각했기 때문입니다."

"그래. 그 때문에 병기당주의 역할을 부탁하는 것이 아니더냐."

"숙부께서, 그리고 무림맹 총군사께서 요구하시는 그 역할은 제가 남궁장인가에 있어도 충분히 이행할 수 있는 일이에요. 지금도 남궁장인가는 얼마든지 무림맹에 무기를 공급할 용의가 있습니다. 마교와의 전쟁을 대비하기 위해서라면 더 저렴하게도 드릴 수 있지요. 그게 병기당을 개편하고 새로 사람을 모으는 것보다 효율적일 거예요."

물 흐르듯 이어지는 남궁혁의 말에 남궁현암은 잠자코 그 말을 들었다.

틀린 말이 없었다. 그저 권한을 갖겠다는 말이면 욕심이 많다 나무랐을 것이다.

제갈민도 그렇게 말했다. 그는 남궁혁이 상당한 권한을 요구할 것이라 사전에 얘기했다.

젊은 나이에 급격하게 성장해 큰 명성을 얻었으니 무림맹에서도 그만한 힘을 요구할 거라고.

하지만 그건 제갈민의 구상과는 조금 달랐다.

남궁현암이 몸소 마중을 나간 것도 제갈민으로서는 무척이나 양보한 것이다.

명분은 채워 주고 실리는 주지 않는 것, 그것이 제갈민의 계획이었고, 무림맹으로 오는 남궁혁 옆에 제갈화영이 붙어 있지 않으므로 이 정도는 남궁현암 선에서 처리할 수 있을 거라고 말했다.

남궁혁이 진짜 욕심이 넘쳐 나는 청년이라면 모를까, 본바탕이 선한 인물이니까 적당히 얘기하면 병기당주 자리에서 만족할 거라고.

남궁현암도 그렇게 생각했다. 남궁혁은 적당히 물러날 거라고.

남궁현암이 아는 조카는 과한 욕심이나 공명심이 있는 사내는 아니었다.

이쯤에서 적당히 원하는 것을 들어준다면 제갈민이 원하는 수준에서 물러나리라.

"그렇다면 네가 원하는 것은 무엇이더냐?"

"천무십이대의 지휘권을 주십시오."

"천무십이대?"

남궁현암의 목소리에는 놀람이 가득했다.

제갈민은 남궁혁이 사성회, 즉 최고 수뇌부 전략 회의에 참가할 권한을 요구할 거라고 예상했다.

그것도 충분히 큰 권한이었다.

병기당주로서 전략 회의에 참가할 명분도 있었으므로 제갈민은 그 정도에서 남궁혁의 권한을 마무리 지으려 했다.

회의에 참석한다고 한들 들어주지 않으면 그만이다.

무기에 대한 식견이 남다르니 회의에 참석시켜 의견을 듣는 것도 나쁘지 않았다.

그런데 천무십이대라니.

"네가 지금 무얼 말했는지 알고 있느냐? 터무니없는 소리다. 병기당주로서 임무를 수행하기 위한 목적이라면 얼마든지 편의를 봐주겠으나, 천무십이대라니. 병기당주로서 왜 그들의 지휘권이 필요하다는 게냐? 내가 너를 심히 잘못 보아 왔구나."

남궁현암은 진심으로 혀를 찼다.

천무십이대는 대원이 총 천 명에 육박하는 무력 부대로, 무림맹에서 단독 부대로는 가장 많은 숫자를 자랑했다.

고수의 숫자는 그리 많지 않지만 어쨌든 상당한 힘을 가진 부대인 것.

남궁혁은 그런 부대의 지휘권을 달라고 한 것이다.

설마 자신이 안 보는 동안 남궁혁이 권력욕에 눈을 뜬 것일까?

남궁현암이 탄식을 내뱉었지만 남궁혁은 이미 그런 반응을 예상했다는 듯 태연하게 말을 이었다.

"당연히 병기당주의 역할을 위해 요청하는 것입니다. 천무십이대는 여기 옥화산과 각 무림맹 지부간의 물자 수송을 호위하고 급한 일이 있을 시 파발대를 보내는 등 각 지역과 옥화산을 연결하는 역할을 맡고 있다 알고 있습니다. 정확히 말하면 그만한 무력을 갖고도 일선 전투보다는 보급과 후방을 담당하고 있죠. 그렇지 않습니까?"

"그래, 그렇지."

남궁혁의 말대로 천무십이대는 상당한 숫자에도 불구하고 평상시 무림맹의 행정 기능을 위한 부대로 편성이 되어 있었다. 그리고 사성체제가 발동할 경우 그 지휘권은 목성부에게 주어진다.

"전시가 된다면 그들은 자연 각지로 보내는 물자의 보호를 맡을 겁니다. 그때 중요한 것은 식량의 보급이 아닙니다. 벽곡단 한 줌이면 얼마든지 싸울 수 있음은 숙부도 잘 아시지 않습니까. 하지만 쓸 수 있는 무기가 파훼되면 전력은 급격하게 약해집니다."

남궁혁의 말은 이전 삶의 경험을 토대로 한 것이었다.

이전 삶에서 마교는 중원을 공략할 때 가장 먼저 보급을 차단했다.

상단을 공격하고 무림맹 지부가 쌓아 놓은 무기들을 탈취했다.

소림을 가장 먼저 무너트리려 덤볐던 것도 그들이 무기의 여부가 실력에 영향을 제일 덜 미치는 문파였기 때문이다.

고수의 반열에 오를수록 무기의 제약은 덜해지지만 대규모 전쟁은 고수와 고수만 싸우는 게 아니니까.

남궁혁은 바로 그 부분을 지적한 것이다.

"병기당주로서 평소의 업무에도 충실할 겁니다. 하지만 전쟁이 일어나면 마냥 앉아서 망치만 두드릴 수는 없습니다. 제게 천무십이대가 있다면 다양한 전략이 가능하겠죠. 보급과 무력 지원을 동시에 하는 것도, 무림맹 본산이 공격받는 상황에서는 장인들을 안전한 곳으로 이동시키면서 보급을 이어 나가는 방법도 쓸 수 있습니다. 좀 더 공격적인 방법으로 운용이 가능하다는 겁니다."

"대장장이가 그렇게까지 할 필요는—"

"방금도 말씀드리지 않았습니까? 저는 장인인 동시에 한 가문을 이끄는 실질적인 수장이며 동시에 한 부대를 이끌고 전투에 나설 만한 실력이 있습니다. 현재 천무십이대의 지휘권은 목성부 수장이셨던 매화전장의 은 장주께서 갖고 계시지요. 그 분께서 과연 그러한 전략 구상이 가능할 거라고 생각하십니까? 무림맹에서 저를 청할 때 단순히 장인으로서 명성과 실력만을 원했다면, 왜 굳이 접니까? 전체 정국으로 봤을 때 저를 남궁장인가에 두는 게 훨씬 이득인데요. 그렇지 않습니까?"

남궁현암은 말이 없었다. 무림맹을 휘어잡은 그도 남궁혁의 말에 반박할 수가 없었다. 남궁현암이 쉽게 넘어오질 않자 남궁혁이 언성을 높였다.

"숙부께서는 왜 맹주 대리에 계신 겁니까? 숙부의 무력이라면 능히 앞장서서 검을 뽑으실 수 있을 텐데요. 숙부께서도 그보다 더 큰일을 해낼 수 있다고 믿고 무림맹으로 오신 거 아닌가요? 그게 아니라면 공명심 때문인가요?"

"혁아."

"저는 숙부가 저와 동류라고 여깁니다. 숙부 또한 그렇게 생각하실 거예요."

지금 남궁혁에게 천무십이대의 지휘권을 주는 것, 그것을 권력에 대한 도전으로 받아들이는 게 아니라면 자신의 요구를 수락하라는 말이었다.

한참 동안 침묵이 이어졌다. 남궁현암은 남궁혁을 바라보았다. 잠시 시간을 달라고 할 분위기가 아니었다. 그는 입을 여는 수밖에 없었다.

"……천기신녀의 깊이가 보통이 아니구나."

천무십이대는 단독 부대로는 무림맹에서 가장 규모가 큰 부대다.

비록 제 1대만 무림맹 본산인 옥화산에 있고, 나머지 11 대는 섬서나 하남, 하북 등 각 지역에 흩어져 있다지만 그 숫자는 무시할 수 없다.

게다가 그 역할 상 천무십이대의 지휘권을 가진 자는 전략 회의에 참석해야 하고, 상당한 발언권을 갖게 된다.

결국 남궁혁, 그리고 제갈화영이 요구한 바는 제갈민이 주려고 했던 권한을 포함해 더 큰 권리를 얻고자 함인 것이다.

이를 받아들이지 않는다면 남궁혁은 병기당주 자리를 수락하지 않을 것이요, 병기당의 무기 공급은 큰 차질을 빚게 될 것이다.

남궁혁은 그런 일만 시킬 거면 굳이 자신이어야 하냐고 얘기했지만 실질적으로 남궁혁 밖에 없는 게 현실이었다.

사천당가는 장인을 내어놓지 않고, 그가 온다고 해도 남궁혁에게 이미 실력으로 졌다는 것이 공공연하게 소문 난 이였다. 병기당의 자존심 강한 장인들을 어찌 휘어잡겠는가.

해남검문을 수습하기도 바쁜 유은하는 물론이고, 황실의 장인이나 새외의 장인을 불러올 수 없음은 당연하다.

결국 남은 것은 남궁혁뿐이다. 남궁현암과 제갈민은 이를 수락할 수밖에 없다.

남궁현암은 남궁혁, 그리고 그 뒤에 있는 제갈화영의 지략에 감탄했다.

수뇌부 회의에 대한 참석과 발언만을 요구했다면 거기서 끝났을 것을, 전혀 다른 부분을 치고 들어와 필요한 부분은 물론 그 이상까지 얻어 내다니.

"알았다, 허락하지."

"나중에 총군사와 회의하시고 말을 바꾸시면 안 됩니다."

"내가 너와의 약속을 어길 거라 생각하느냐?"

"숙부는 그럴 분이 아니시지만 맹주 대리는 그럴 수 있는 분이죠."

끝까지 조카인 남궁혁이 아니라 남궁장인가의 소가주로서 협상에 임하는 자세에 남궁현암은 혀를 내둘렀다.

"네 말대로 현재 천무십이대의 지휘권은 은 장주가 갖고 있지. 행정에는 탁월한 사람이지만 네 말처럼 그들을 자유자재로 운용하는 것은 힘들 터. 그러면 내가 능히 설득할 수 있다."

"은 장주님은 금화전장으로 인해 제게 입은 은혜가 있으니 당연히 수락하실 겁니다. 허나 제갈 군사께서는 쉬이 넘어가지 않으실 텐데요."

"총군사의 위세가 대단하다 한들, 나는 맹주 대리다. 못 믿겠다면 지금 당장 문서라도 작성해 주마."

"그렇다면 거절치 않겠습니다."

남궁혁의 말에 남궁현암은 바로 종이를 꺼내 붓을 먹에 적셨다.

그리고 앞으로 병기당주의 책임을 맡게 될 남궁혁에게 천무십이대의 지휘권을 위임한다는 문서 한 장을 작성했다.

아마 제갈민도 계획한 대로 일이 진행되지 않았다는 사실에 탄식을 내뱉을지언정 남궁현암의 결정에 이의는 없을 것이다.

못 맡길 자에게 지휘권을 위임한 것도 아니니까.

오히려 무림맹 장로나 천무십이대 내부에서 반발이 좀 있을 것이다.

전자는 문서를 작성해 준 남궁현암과 그 옆의 제갈민이 알아서 처리해 줄 것이고, 후자는 남궁혁이 대처해야 할 일이었다.

"자, 여기 있다. 이걸 받으면 넌 당분간 맹의 병기당주로서 소임을 다할 것에 동의하는 것이다."

"물론입니다."

남궁혁은 무림맹주의 인장이 찍힌 문서를 받아 들었다.

천여 명. 남궁장인가 무인부터 대장장이, 하인에 이르기까지 그 모든 숫자를 더한 것과 맞먹는 숫자의 무력 부대가 남궁혁의 손에 들어가는 순간이었다.

"쇠뿔도 단김에 빼랬다고, 당장 병기당을 둘러보도록 하지. 내가 안내해 주마."

"바쁘신데 굳이 그러실 거 까진……."

"어차피 맹주 대리와 남궁장인가 소가주로서의 일은 끝난 게 아니더냐? 오랜만에 너와 시간 좀 보내자꾸나."

남궁현암이 그렇게 말하니 남궁혁은 할 말이 없었다.

안내가 필요 없다는 말은 겸양도 아니었고 아까의 협상으로 남궁현암이 불편해서도 아니었다.

그저 남궁혁이 남궁현암보다 병기당에 대해서 잘 알기 때문이었다.

이전 삶에서 보급창을 지휘했던 그다. 보급창이 병기당 안에 있는데 그곳 구조 하나 모를까.

"그런 시간은 이따 밤에 따로 술이나 한잔하면서 보내는 것이 더 좋지 않을까요? 병기당은 저 혼자 가 볼게요."

"혼자? 괜찮겠느냐?"

남궁현암이 굳이 같이 가 보겠다고 하는 저의는 빤했다.

언제나 굴러 온 돌은 박힌 돌의 견제와 텃세에 시달리기 마련이다.

그래도 맹주 대리가 가서 '이자가 병기당의 당주가 될 사람이다'라고 소개시키면 좀 덜하지 않겠는가.

영락없이 어린 조카를 걱정하는 숙부의 얼굴에 남궁혁이 피식 웃었다.

"숙부. 저를 부른 이유가 뭔지 잊으셨어요? 장인들을 휘어잡는 일은 제가 합니다. 걱정 마세요."

남궁혁은 자신 있게 말했다.

실제로도 자신 있었다. 그에게는 명성뿐 아니라 실력도 있었다.

병기당에 가면 일어날 일은 빤했다.

호승심 강한 장인들 몇몇이 남궁혁에게 도전할 거고, 실력을 선보여 그들에게 인정받으면 그 뒤는 쉽게 흘러갈 터였다.

이전 삶에서 무림맹 보급창에 처음 들어갔을 때도 그랬다.

그때도 나이가 사십을 넘겼는데 어린놈이 머리 꼭대기에 선다고 시기하는 자들이 많았다.

지금은 그보다 한참 젊다.

하지만 이전 삶보다 명성도, 실력도 훨씬 위다.

이미 해 본 일인 데다가 상황도 더 나으니 남궁혁이 걱정할 필요는 전혀 없었다.

"그래, 그러면 믿고 맡기마."

남궁현암이 고개를 끄덕이자 남궁혁은 인사를 하고 그의

방을 나왔다.

'숙소로 돌아가기 전에 한 번 방문해 볼까?'

남궁혁의 발이 병기당으로 향했다.

병기당을 비롯해 보급과 관련된, 목성부에 해당하는 당들은 구조가 조금 독특했다.

다른 당들은 당주가 있는 상위 부서는 천무문 안에, 기타 하위 부서는 천무문 밖에 있다.

하지만 목성부는 상위 부서와 하위 부서가 천무문이 있는 벽을 기준으로 달라붙어 있었다.

그리고 천무문 외에 따로 문을 뚫어 통행했다.

병기당을 둘러싼 세로로 길쭉한 모양의 구역을 천무벽이 가로지르는 모양새다.

이러한 구조에는 이유가 있었다.

다른 당들과 달리 병기당은 유독 상위 부서와 하위 부서 간의 소통, 그리고 이동이 유기적으로 이뤄져야 했기 때문이다.

보급창에서 만드는 물건들은 천무문 밖에 보관되기도 하고, 물건의 질에 따라 천무문 안에 보관되기도 한다.

병기당주가 따로 관리하는 희귀한 재료들이 보급창으로 가야 할 때도 있고, 반대로 병기당주의 전용 대장간에 보급 재료가 들어오기도 한다.

이렇게 평상시에도 물자가 계속 오고가는 게 일이다 보니 멀리 두는 것이 비효율적이라 처음에 건물을 지을 때부터 이렇게 지은 것이다.

그래서 남궁혁은 천무문을 통과하지 않고 바로 병기당 안으로 들어갈 수 있었다.

'현 병기당주를 먼저 볼까, 아니면 보급창 쪽으로 가 볼까?'

남궁혁은 병기당주의 집무실과 보급창 쪽으로 향하는 문 앞에서 고민했다.

사실 현 병기당주를 봐 봤자 별로 남궁혁에게 득이 될 건 없었다.

어차피 남궁혁이 오면서 밀려나는 인사가 아닌가. 어디까지나 예의상 얼굴을 보려는 거였다.

반대로 보급창의 장인들은 앞으로 남궁혁이 이끌어 나가야 할 이들이다.

'역시 보급창이 낫겠지?'

제갈화영은 이번 일을 진행하면서 현 병기당주에 대해 간략한 정보를 알려 주었다.

천원도인, 무당파의 이대 제자 중 한 사람으로 사실 대장간 일에 대해서는 아무것도 모르는 사람이었다.

그렇다고 무공 실력이 뛰어난 것도 아니었다.

마흔이 다 되어 가는 나이에 여태껏 무당에서 그의 밑에 제자를 배정해 주지 않은 것만 봐도 그랬다.

성격도 그리 좋지 않았다. 듣자 하니 무당파 소속의 도인이라는 거 하나만 믿고 남들에게 행패를 부리기 일쑤라고 한다.

애초에 어떻게 무당파에 들어갔는지조차 의심스러운 이가 어떻게 병기당주 자리에 앉았느냐 하면, 현재 무림맹에 파견 나와 있는 무당파 원로 중 하나가 아끼는 사질인 탓이었다.

천원도인은 어린 시절 무당파가 사파의 잔당을 몰살시키는 과정에서 사부를 일찍 잃었다.

아끼는 사제의 죽음에 슬퍼하던 원로는 사제 대신 천원도인을 돌봤지만, 그가 무림맹으로 떠나오면서부터 천원도인을 지켜 줄 이가 사라졌다.

원래 성품도 도인답지 않고 시기와 질투를 일삼았던지라 원로가 무당을 떠나자마자 천원도인은 무당 내에서 겉돌기 시작했다.

그 소식을 들은 원로가 마음 아파하며 그를 병기당주 자리에 밀어 넣은 것이다.

마교가 모습을 드러내기 전까지만 해도 병기당은 그렇게 요직이 아니었으니까 크게 무리는 없었다.

그러나 이제는 상황이 바뀌었고 무림맹은 보다 유능한 인재를 병기당주에 앉힐 필요성이 있었다. 그래서 남궁혁이 오게 된 것이다.

전후 사정을 다 따져 봤을 때, 남궁혁이 딱히 천원도인에게 인사를 갈 필요는 없어 보였다.

"좀 지나갈게요."

보급창으로 가는 문을 통과하며 남궁혁은 손님으로 왔다는 금패를 내밀었다.

지난번 무림맹 비무 대회 때는 어중이떠중이까지 무림맹 안에 들어올 수 있었지만 그날 마교가 난동을 부리고 간 이후 천무문 안쪽은 물론이고 지무문을 통과하는 데도 신분을 증명하는 패가 꼭 필요했다.

남궁혁에게는 천무문의 심처까지 자유롭게 돌아다닐 수 있는 금패가 주어졌다.

그런데 경비들의 반응이 좀 이상했다.

그들은 금패와 남궁혁의 얼굴을 몇 번씩 확인하더니, 들어가라고 고개를 꾸벅 숙이고는 계속해서 자기들끼리 속닥거렸다.

"그 사람 같지?"

"드디어……!"

그 뒤로도 무슨 소리가 들리긴 했지만 남궁혁은 신경 쓰지 않고 안으로 들어갔다.

그리고 이윽고 회색의 두터운 철로 된 보급창 문 앞에 섰다.

'오랜만이군.'

남궁혁은 감회가 깊은 얼굴로 보급창의 문에 손을 갖다 댔다.

엄청난 두께와 무게를 자랑하는 보급창의 문, 이 문은 보급창 장인들을 시험하기 위한 용도였다.

순수한 근력의 힘으로 이것조차 열지 못하는 자라면 보급창의 장인이 될 자격이 없다는, 자존심 강한 장인들이 만들어 낸 문.

물론 장인이 아닌 자들을 위한 작은 나무문도 있었지만, 보급창의 장인들은 다른 문을 통과해 지나다니는 걸 무척이나 치욕스러워했다.

내공을 쓴다면야 이 정도 문을 여는 건 일도 아니지만, 무공을 익힌 장인들도 이 문만큼은 순수한 힘으로 열고 지나갔다.

끼이익—

남궁혁은 가볍게 철문을 밀었다. 남들이라면 두 손등에 굵은 핏줄이 도드라지고, 어깨의 근육에 바짝 힘이 들어갔으리라.

하지만 남궁혁은 마치 얇은 천으로 된 문을 여는 것처럼 두꺼운 철문을 가볍게 열었다.

내공을 쓴 것도 아니었다. 그만큼 남궁혁의 근육이 단련되었다는 증거였다. 같은 힘을 발휘해도 근육에 걸리는 부하가 적다는 뜻이니까.

그렇게 열린 보급창 문 안에는 의외로 사람들이 복닥복닥하게 모여 있었다.

"무슨 일이지?"

평소라면 보급창 앞뜰은 사람이 별로 없다.

만들어진 무기를 창고로 실어 가는 이들과 재료를 날라오는 하인들 정도나 돌아다니지, 대장장이들은 대장간 안에서 무기를 만들기에 여념이 없다.

그런데 그들이 전부 밖에 나와 있었다.

그냥 나와 있는 것도 아니었다. 무슨 싸움이라도 일어난 건지 다들 표정은 살벌했고, 몇몇은 두드리던 망치를 그대로 들고 나온 채였다.

큰 망치를 바닥에 기대고 선 이들, 그리고 작은 망치를 꽉 쥐고 있는 이들은 모두 가운데 있는 한 사람에게 성난 눈길을 보내고 있었다.

"이것들이, 어디 한번 해보자는 게냐?"

"누가 한번 해보자 했습니까? 뭣도 모르면서 우리 일에 끼어들지 말라고 했지!"

"맞소! 망치 두드리는 건 뭐 쉬운 줄 아시오?"

"하찮은 야장꾼 나부랭이들이 감히!"

대장장이들 사이에 있는 자는 청색의 도포를 가지런히 입은 사내였다.

지금 이 장소와 상황, 그리고 복색으로 보아 그의 정체는 분명했다. 현 병기당주인 천원도인인 모양이었다.

'천원도인과 야장들의 사이가 좋지 않다고는 들었지만……'

남궁혁은 즉시 상황을 파악했다. 제갈화영이 가르쳐 준 천원도인에 대한 정보 중에는 그가 병기당의 장인들을 무척이나 깔본다는 것도 있었다.

무당파 내에서도 있는 대로 콧대를 세우다가 내돌려진 이다.

구파일방과 사대세가가 아닌 사람도 낮춰보는데, 무공을 익히지 않은 이가 대부분인 병기당의 장인들에게는 어떻게 대하겠는가.

이들이 목소리를 높여 싸우는 소리를 들으니 문제가 뭔지 파악이 됐다.

천원도인이 새로 온 장인들에게 작업을 이렇게 해라 저렇게 해라 옆에서 말도 안 되는 지시를 내린 모양이었다.

기존에 있던 이들은 천원도인이 그러거나 말거나 귓등으로 흘려보냈지만 새로 온 장인들은 그걸 잘 모르다 보니 계속 갈등이 있었고, 그게 결국 오늘 터져 버린 것이다.

"이 작자가 진짜, 보자 보자 하니까!"

"어허, 그 망치 당장 내리지 못할까! 이건 항명이다! 감히 당주에게 대항을 해?"

답답해서 속이 터져 나갈 것 같은 장인들의 얼굴들이 남궁혁의 눈에 들어왔다.

얼마나 짜증이 날까.

말도 안 되는 요구와 일들을 지시하는데 그 자가 상관인데다가, 마음만 먹으면 이 자리에 있는 모두를 단칼에 제압해 버릴 수 있는 자니.

천원도인도 그걸 알고 있으니 이렇게 큰소리를 치는 것이다.

백여 명 가까운 거한들이 둘러싸도 충분히 이길 수 있다는 자신감에 저렇게 뻗대고 있는 것이리라.

'무당도 제자를 잘못 길렀네. 진짜 꼴불견이군.'

대문파의 제자들이 다른 이들에게 안하무인으로 구는 경우가 드물진 않다만, 그래도 체면이 있어서 티를 내지 않는 것이 대부분이다. 게다가 도가인 무당파에서 저런 성정이라니.

천원도인에 대해 듣기는 했지만 이 정도로 대책 없는 인사인 줄은 몰랐다.

"당주에 대한 항명이 어떤 처벌까지 가능한지 알고는 있나? 바로 사형이네."

천원도인이 비릿한 미소를 띠며 검을 뽑아 들었다. 당장이라도 눈앞에 있는 장인의 목을 따 버릴 것 같은 기세였다.

하지만 남궁혁은 저게 허세임을 알고 있었다.

당주에 대한 명령 불복종으로 사형까지 구형할 수 있는 건 사실이지만, 당연히 맹주의 재가를 받아야 한다.

천원도인이 할 수 있는 건 고작 검으로 위협을 하거나 가볍게 상처를 내는 등의 위협 정도나 가능했다.

물론, 앞으로 자신의 수하가 될 장인들이 다치는 걸 그냥 보고 있을 남궁혁은 아니었다.

"그만하시죠."

대장장이들 사이에서 내공을 담은 낭랑한 목소리가 들려오자, 천원도인이 자동적으로 몸을 돌렸다.

장인들의 시선도 남궁혁을 향했다. 남궁혁은 그들의 시선을 받아 내면서 천천히 걸어 나왔다.

"그대는 누구요. 처음 보는 얼굴인데? 무슨 일로 병기당을 방문했는지는 모르겠으나 외인은 빠지시오."

남궁혁의 청수한 차림새와 허리춤의 금패를 확인한 천원도인의 말투가 공손해졌다.

　그래 봤자 자기보다 어린 이를 낮추어 보는 건 마찬가지였지만.

　"본인은 저 멀리 섬서에서 온 남궁혁이라 합니다."

　남궁혁!

　그 한 마디에 장인들의 시선이 놀라 부릅떠졌다.

　소문으로만 듣던 대장장이, 중원에서 다섯 손가락 안에 든다는 그가 갑자기 눈앞에 나타난 것이다.

　천원도인도 긴장했다. 장인으로서 남궁혁에 대해선 별 관심이 없었지만, 무인으로서 그에 대해선 천원도인도 충분히 알고 있었다.

　"그리고 선배님을 대신해 다음 병기당주를 맡을 사람이죠. 인사드리러 왔습니다."

　"새 병기당주?!"

　"드디어……!"

　장인들의 반응은 아까 남궁혁이 지나쳐 왔던 경비 무사들과 다르지 않았다.

　사실 얼마 전부터 소문이 돌긴 했다. 남궁혁, 그가 무림맹에 온다는 소문 말이다.

　마침 그때가 새로 온 장인들과 천원도인 사이에 갈등이

피어오르던 시기였다.

장인들은 남궁혁이 새로 병기당주 자리에 오는 것이 아니냐, 하는 희망을 담아 숙덕거리곤 했다.

아무리 실력 좋은 장인들을 모아 둔다고 해도, 그 위에서 제작 물량이나 재료의 수급을 조율하는 병기당주가 저 모양이어서야 영 효율이 안 나지 않겠는가.

또한, 무림맹 보급창에 온 장인들은 다들 나름의 포부와 부푼 꿈을 갖고 온 이들이었다.

자신이 만든 무기가 고수의 손에 들리기를 바라는 마음도 있을 테고, 의와 협을 실천하는 데 한몫 거들기를 바라는 마음도 있을 게다.

거기에 이 쟁쟁한 실력자들 사이에서 실력을 발휘하고자 하는 호승심까지.

그런데 그 위에 앉아 있는 이가 저렇게 장인들을 무시하고 찬물을 끼얹으니 일할 맛도 나지 않는다.

천원도인은 여러모로 병기당에 해악을 끼치고 있는 존재였다.

"새 병기당주라니, 그게 무슨 소리요?"

"말씀드린 그대로죠."

남궁혁의 입에서 흘러나오는 사실 그대로의 말에 천원도인의 얼굴이 붉으락푸르락해졌다.

감히 누가 자신의 자리를 빼앗는단 말인가?

병기당주는 자신의 능력을 하나도 알아보지 못하는 무당 파에서 고생하는 것을 안타깝게 여긴 사숙이 마련해 준 자리였다.

그런데 그 자리에서 자신을 내쫓고 후임을 들이다니.

무림맹 원로쯤 되는 작자가 사질에게 준 병기당 당주 자리 하나 지켜 주지 못한단 말인가?

"남궁세가인가? 그 작자들이 무당을 얕봐?"

남궁세가. 그놈들이라면 충분히 가능성이 있었다.

무당의 이름값을 호시탐탐 노리는 탐욕스러운 것들!

그래도 그렇지 저 새파란 애송이에게 당주 자리를 넘기라니!

"무슨 말씀이십니까, 선배님. 저는 그저 맹의 청을 받았을 뿐입니다. 곧 공문이 갈 겁니다."

"공문?"

공문이라는 말에 천원도인의 머리가 또 재빠르게 돌아갔다.

"아, 그렇군. 내가 잠시 흥분했소. 아무래도 내가 은 장주를 대신해 목성부 수장으로 올라갈 모양이군! 그래서 후임자가 온 게야. 그럼 그렇지, 사숙께서 나를 고작 팔당의 당주 정도에 앉혀 둘 생각은 아니셨겠지."

갑자기 화색이 도는 천원도인의 얼굴을 보며 남궁혁은 기가 찼다.

아무리 세상이 자기중심으로 돌아간다고 생각해도 정도가 있지 않나?

저런 아집과 오만으로 똘똘 뭉친 인사가 여태 병기당 당주를 맡아 왔다는 사실이 슬프기까지 했다.

이전 삶의 남궁혁이 보급창에서 열심히 망치를 두드렸으면 뭘 하나.

위에 있는 사람들이 전부 이 모양이었다고 생각하면 이전 삶에서 정파 무림이 그렇게 급속도로 마교에게 무너졌던 것도 이해가 갔다.

"아닙니다, 선배님. 선배님께서는 당주 직에서 내려와 무당으로 돌아가시게 될 겁니다."

"······뭐라고?"

선배라는 말을 붙이기도 아까운 자였다.

선배, 선생이라는 말이 다 뭔가.

먼저 태어나 세상을 그만큼 더 배우고 겪었으니 배울 점이 있다는 뜻 아닌가.

자고로 길에 세 사람이 지나가면 그중에 한 사람은 가르침을 청할 만한 선생이라 했다.

나이나 신분의 고하가 중요한 게 아니라 배울 만한 점이 있느냐 없느냐가 중요한 것이다.

그러면 나머지 둘은, 나이나 신분과 관계없이 배울 점이 하나도 없다는 뜻.

천원도인은 그 길의 셋 중 나머지 둘에 해당되어 보였다.

"어, 어디서 헛소리요! 함부로 거짓을 늘어놓을 경우 맹의 손님이라고 해도 이를 좌시하지 않겠소!"

"거짓말 아닙니다. 저는 원래 정직이 신념인 사람이고요. 정 말이 안 된다 생각하시면 맹주 대리나 총군사께 가서 여쭤 보시죠. 아마 지금쯤이면 은 장주께서도 알고 계실 거고, 선배님의 뒤에 계시는 무당의 장로께서도 이 일에 대해 들으셨을 겁니다."

남궁혁이 친절하게 누구에게 가서 사실 확인을 해야 하는지까지 알려 줬는데도 천원도인은 혼란스러운 얼굴로 갈팡질팡하고 있었다.

남궁혁은 그의 얼굴에서 두려움을 읽었다. 남궁혁의 말이 사실일지도 모른다는 두려움이었다.

사람은 때때로 외면하고 싶은 일을 직시해야 할 때가 온다.

자신이 잘못해서 생긴 일일 경우도 있고, 자신이 아닌 다른 것이 원인일 때도 있다.

나이가 어릴수록 자신의 과오로 인해 벌어진 일을 받아

들이기 힘들어한다.

자신이 부족할 수도 있다는 사실, 실수할 수도 있다는 사실, 잘못할 수도 있다는 사실을 받아들일 깜냥이 없는 것이다.

보통 이런 마음가짐을 극복하지 못할 경우 아무것도 하지 못한 채 남 탓만 하는 몸만 큰 어린아이가 된다.

마치 지금 눈앞의 천원도인처럼 말이다.

"가, 감히 말도 안 되는 거짓을 늘어놓았겠다! 내 당장 너를 맹주 대리께 잡아가야겠다! 분명 뒤에서 무슨 수작질을 벌인 것일 테다! 네까짓 어린 것이 병기당주 자리를 맡을 리가 없다!"

남궁혁은 천원도인이 뽑아 든 검을 보며 한숨을 내쉬었다.

남궁혁도 저럴 때가 있었다. 이번 삶은 아니고, 지난 삶에서였다.

열 살 때였던가. 좀처럼 생각대로 되지 않는 망치질 때문에 괜히 아버지가 불 조절을 이상하게 해 놨을 거야, 품질이 좋지 않은 쇠를 준 걸 거야 의심하기도 했다.

치기 어릴 때였다. 하지만 이후 자신의 부족함을 인정하고 한 걸음 더 나아갈 수 있었다.

무슨 일이든 그때 자신의 과오를 돌아보지 못하면 더 나아갈 수 없다.

남궁혁을 비롯한 이 자리의 모든 대장장이들이 천원도인을 한심하게 바라보고 있었다.

실패한 결과물의 원인을 뜯어보고 자책하고 다시 노력해서 이 자리까지 온 이들이었다. 그들은 남궁혁과 같은 감상을 공유하고 있었다.

"순순히 무릎을 꿇어라!"

입에서 나오는 말과 달리 천원도인은 벌써 검을 내지르고 있었다.

치기 어린 성격답게 성미가 급한 모양이었다.

남궁혁은 몸을 가볍게 놀려 그 검을 이리저리 피했다.

그와 검을 맞대서 장점이 있을까?

천원도인의 검은 나쁘지 않았다. 한 합 한 합 이어질 때마다 점점 진심이 실려 가는 검에서는 그의 타고난 자질이 엿보였다.

이런 성격에도 불구하고 무당의 장로가 굳이 무림맹에 자리까지 마련해 주며 아꼈던 이유가 바로 이것일 테다.

이게 문제다. 도량이 안 되는 자에게 자질이 주어지면 이런 결과가 나온다. 그래서 정파에서 심신 수련도 그토록 강조하는 것이다.

'잠깐 어울리는 것도 나쁘진 않겠지.'

기왕 이렇게 된 거, 탐관오리를 내쫓는 시어사 흉내를 내 보는 것도 좋지 않겠는가.

챙강—

계속 몸을 요리조리 놀려 피해 다니기만 하던 남궁혁이 검을 뽑아 들어 맞대자, 장인들의 입에서 탄성이 터져 나왔다.

"자네 방금 그 소리 들었나?"

"엄청난 탄성이군. 대체 어떤 합금을 쓴 거지?"

모두의 시선이 남궁혁, 그리고 그가 든 검으로 쏟아졌다.

기린지장이라 불릴 정도의 장인이니 분명 직접 만든 검을 들고 있으리라.

검을 뽑음으로써 남궁혁은 두 가지 이점을 순식간에 얻어 냈다.

천원도인에 대한 장인들의 분노를 대변해 주고, 동시에 장인으로서의 남궁혁이 가진 실력을 단번에 보여 주었다.

"오오—"

"엄청난 실력이야. 정말 망치질과 검을 저 정도로 병행하는 게 가능하단 말인가?"

남궁혁이 여유롭게 천원도인을 밀어붙이자 장인들 사이에서 감탄이 계속 터져 나왔다.

어느새 비무의 형태가 된 두 사람의 싸움은 남궁혁에게

일방적으로 유리하게 흘러갔다.

아무리 자질이 좋다고 한들 무당파 내에서만 살아왔던 천원도인이다.

몇 번이나 생사의 싸움을 거쳐 왔던 남궁혁과 비교할 순 없었다.

게다가 자신의 자질에 대한 오만함이 지나쳐 최근 몇 년간 제대로 수련을 하거나 비무조차 하지 않았다.

그런 그를 남궁혁이 장난감 갖고 놀 듯 다루는 건 이미 예견된 일이었다.

"허억…… 허억……."

반 시진 동안 남궁혁의 손에 정신없이 놀아난 천원도인이 거친 숨을 몰아쉬었다.

무림맹 내이니 검기나 검강을 쓸 수는 없다. 검강을 썼더라면 천원도인은 이미 애초에 패배했으리라.

남궁혁은 조금의 내공도 싣지 않고 천원도인이 한껏 춤을 추게 만들었다.

오히려 내공을 썼더라면 이렇게 지칠 때까지 검을 휘두르지는 않았으리라.

그동안 주변은 반 축제 분위기였다.

장인들은 천원도인에게 야유를 보내고 남궁혁에게는 함성을 질러 댔다.

그렇게 반 시진이 지나고 나서야 천원도인은 자신이 영락없이 놀림 받고 있었다는 사실을 깨달았다.

천원도인의 이성이 끊기기 직전, 남궁혁은 검을 거두고 예의 바르게 인사했다.

"선배님의 가르침에 감사드립니다. 병기당주로서 바쁘실 테니 소인과의 비무는 여기까지 하시지요."

"이놈……!"

이를 갈면서도 천원도인은 물러날 수밖에 없었다.

이미 실력 차이가 확실하다는 건 판가름 났다.

생사대적과 겨룬 것 같은 천원도인에 비해 남궁혁은 땀한 방울 흘리지 않았다.

게다가 주변의 분위기도 전혀 천원도인의 편이 아니었다.

지금까지 한 번도 두려워해 본 적 없는 장인들의 시선이 무섭게 느껴졌다.

남궁혁의 앞에선 자신도 장인들과 다를 게 없는 것이다.

마치 토끼 앞에서 어깨를 폈던 여우가 호랑이 앞에서는 꼬리를 내리듯, 천원도인은 검을 갈무리하고 인사조차 하지 않은 채 쌩하니 보급창을 나섰다.

그가 보급창의 두꺼운 철문이 아니라 구석에 나 있는 나무 문 쪽으로 향하는 것을 보며 장인들은 껄껄껄 웃어 댔다.

대체 얼마 만에 이렇게 속 시원하게 웃어 보는 건지!

"이렇게 요란하게 인사드릴 생각은 아니었는데, 처음 뵙겠습니다. 앞으로 병기당을 책임지게 될 남궁혁입니다. 앞으로 잘 부탁드립니다."

남궁혁도 검을 갈무리하고, 자신을 둘러싼 장인들에게 인사했다.

"우리야말로 잘 부탁하오!"

"거 지금 당장 당주 자리에 앉으면 안 되나? 얼마나 기다려야 하오?"

남궁혁이 천원도인을 제대로 면박 주는 장면을 통쾌하게 감상했던 장인들이 신나게 외쳤다.

하지만 남궁혁은 그 분위기 속에서도 쉬이 마음을 놓지 않았다. 대신 주변을 둘러보았다.

그의 눈에 한 노인이 들어왔다. 아까 천원도인의 앞에서 무게감 있게 그와 맞선 장인이었다.

"안녕하십니까, 적도 어르신."

남궁혁은 그쪽으로 다가가 포권을 취해 보였다.

이 노인이 바로 지금 보급창의 수장이었다.

남궁혁은 적도를 잘 알고 있었다.

이전 삶에서는 남궁혁이 바로 적도의 자리를 대신 차지했으니까.

그는 아주 자존심 강한, 그만큼 실력 있는 장인이었다.

그리고 이전 삶의 남궁혁이 그를 실력으로 눌렀을 때도 한동안 명령을 듣지 않으려고 해서 남궁혁을 상당히 피곤하게 했던 인물이었다.

지금도 보급창의 수장일 테니 그의 인정을 받지 않는 이상 병기당주로 원활하게 업무를 진행하긴 어려웠다.

"……어서 오시구려. 환영하오."

그랬기에 적도의 반응은 예상 외였다.

아무리 천원도인을 시원하게 면박 주었다고는 하나 당연히 그가 남궁혁을 시험하려고 들 줄 알았다.

검과 망치는 전혀 다른 거 아니냐며 당장 망치를 들라고 할 줄 알았는데?

"흠, 저는 어르신께서 저를 시험하실 줄 알았는데. 의외군요."

"전혀. 우리는 당신을 인정하겠소."

남궁혁은 조금 놀랐다. 남궁혁도 이전 삶의 남궁혁이 아니라지만, 이 고집 센 노인이 이렇게 순순히 그를 인정하다니.

이전 삶에서는 남궁혁과 절친했던 곽노가 어르고 달래야 하는 인물이었는데.

"우리 중 무공을 익힌 이는 별로 없지만, 장인으로서 뛰어난 무인들을 많이 봐 왔지. 그런데 엄청난 실력을 가진 동시에 대장장이라면, 무기 제작에 있어서도 욕심이 많고 이상이 높을 터. 그대가 만든 검은 그대의 실력을 살리기에 더할 나위 없었소. 부디 그대가 하루라도 빨리 병기당주 자리에 앉아 줬으면 하오."

"인정해 주시니 고맙네요."

이전 삶의 악연 아닌 악연이었던 인물에게 인정받은 기분이 참으로 오묘했지만, 어찌 되었건 참으로 잘된 일이었다.

그렇게 병기당을 방문하고 삼 일 후, 남궁혁은 정식으로 병기당주 자리에 앉게 되었다.

第四章

천신이검과 마신검

　병기당주 자리에 취임한 후, 남궁혁은 병기당의 구조를 과감히 뜯어고치기 시작했다.

　이전 삶에서 보급창의 수장을 맡으며 느꼈던 불합리하고 비효율적인 구조를 개선하기 위한 작업이었다.

　그중 대표적인 변화는 바로 업무 분담이었다.

　금속 주괴를 만드는 장인과, 직접 무기를 만드는 장인을 가른 것이다.

　일전에는 한 장인이 무기 만드는 공정의 전체를 담당했다.

　금속을 주조하고, 그 주괴로 무기를 만들고, 다듬는 것까지.

하지만 이 방식은 같은 재료를 쓴다고 해도 질이 천차만별로 차이가 나는 등 고른 품질의 물건을 생산하는 데 문제가 있었다.

각자 고집이 있다 보니 같은 재료를 줘도 합금의 비율을 전혀 다르게 만드는 것이다.

실력 있는 장인들을 데려다 모은 것이어서 강제하기도 쉽지 않았다.

소량 생산일 경우 문제가 되지 않지만, 대량 생산이 되면 얘기가 달라진다.

같은 재료도 누구는 적게 쓰고 누구는 많이 쓰면서 생기는 재료 수급의 문제와 공정성 문제 등 여러모로 골치 아픈 점이 많았다.

하지만 금속 주괴를 만드는 장인들과 무기를 만드는 장인을 갈라 버리면 그런 문제가 한 번에 해결된다.

특히 합금을 만드는 부서는 병기당주인 남궁혁이 직접 관장하기로 했다.

그래야 맹에 재료 수급을 빠르게 요청할 수 있을 뿐 아니라 보급창과 병기당의 작업 진행 전반을 조율할 수 있기 때문이었다.

급격한 변화로 반발이 있을 법도 했지만, 이미 천원도인과의 일로 인기를 얻은 남궁혁에게 싫은 소리를 내뱉는 이는 없었다.

보급창 수장인 적도도 불만을 내비치지 않았다.

사실 불만이랄 게 없었다. 남궁혁이 주괴 제작부를 직접 통솔하게 됐지만 무기 제작부는 여전히 적도에게 권한을 남겨 주었다.

오히려 병기당주인 남궁혁이 적도의 말을 잘 들어주고 의견을 적극 반영해 주니, 젊은 장인이라고 내심 내키지 않았던 마음도 점점 풀리고 있었다.

이외에도 실력이 부족한 장인들은 따로 모아 지도하고, 고급 기술 몇 가지를 흔쾌히 전수하는 등 다양한 방식으로 병기당의 쇄신을 이끌어 갔다.

이미 남궁장인가에서도 한 번 해 본 일이라 그리 어렵진 않았다.

그렇게 한 달을 보내자, 남궁혁이 바로잡은 새로운 체제는 원활히 돌아가기 시작했다.

특히 눈에 띄게 향상된 무기의 품질은 남궁혁에게 생각지도 못한 큰 권한을 내주는 바람에 기분이 좋지 않았던 제갈민마저 감탄할 정도였다.

남궁장인가에서는 판매를 염두에 둬야 하니 원가를 생각하기 마련인데, 여기서는 그럴 필요가 없으니 고급 재료를 마음껏 투자한 덕분이었다.

제갈민이 아낌없이 찬사를 내뱉었다는 말에 보급창의 장인들과 병기당 사람들을 보는 무림맹 내의 눈길도 달라졌다.

천원도인이 있을 때는 평화로운 시절이었기에 병기당을 밥만 축내는 존재들로 생각한 이들도 있었다.

특히 남궁장인가가 득세했을 때는 더더욱 그랬다.

저만한 장인이 있는 곳에서 좋은 물건을 사 오면 되지, 굳이 막대한 유지비를 들여 가며 병기당을 존속시켜야 하느냐는 논의도 심심찮게 있었다.

이런 뒷말 때문에 남궁혁에 대한 반감이 남아 있던 장인들도 있는 게 사실이었다.

그러나 그들의 마음은 풀린 지 오래였다.

그 대단한 장인이 바로 자기들의 당주인 것이다.

게다가 남궁장인가 물건보다 더 대단하다는 평을 받으니 어찌 기분이 좋지 않겠는가.

기분이 어떻든 간에 고른 품질을 유지하는 것이 숙련자라지만, 그래도 기분이 좋으면 일도 더 잘 되는 법.

남궁혁이 온 이후 병기당은 기존의 세 배 이상의 효율을 내고 있었다.

병기당주가 된 남궁혁의 하루하루는 정작 남궁장인가에 있을 때와 별반 차이가 없었다.

새벽에는 수련하고, 아침부터 오후까지는 주괴 제작을 진두지휘하고, 오후부터는 적도로부터 병기창의 보고를 받아 앞으로의 작업 진행을 상의하거나 병기당의 행정 사무를 처리하는 식이었다.

민도영과 제갈화영의 보고가 적도와 병기당 사람들의 보고로 바뀐 것 정도의 차이가 있을 뿐이랄까.

백발이 성성하지만 눈빛만큼은 타는 불처럼 살아 있는 대장장이 노인, 적도는 오늘도 보급창의 생산 현황을 보고하러 남궁혁의 집무실에 들른 참이었다.

"……어제 자 총 생산은 그렇게 해서 전부 오십 자루요."

"일일 생산량 평균을 넘네요. 좋습니다, 앞으로도 이렇게만 해 주세요."

비록 남궁혁이 적도보다 상관이지만, 남궁혁은 적도의 말투에 아무런 흠도 잡지 않았다.

아버지인 남궁규원보다 나이가 많고 보급창을 이끌어 온 그 경력을 존중하는 것이다.

"금속 주조와 무기 제작을 따로 분리하는 것이 생각보다 효율이 좋소. 조금 더 익숙해진다면 하루에 열 자루는 더 만들 수 있을 거요."

"그렇게 만들어 간다면 조만간 무림맹 창고를 전부 채울 수 있겠는데요. 너무 남아서 팔아야 하는 건 아닌지 몰라요."

"그러면 당주의 세가가 좀 위험해지지 않겠소?"

적도가 웃음기를 흘리며 말했다.

일견 시비를 거는 것 같아 보였지만 남궁혁은 적도가 농담을 하는 거라는 걸 알 수 있었다.

아마 적도의 밑에서 일하는 장인들이 이 모습을 보았다면 깜짝 놀랐으리라.

"그렇다면 어쩔 수 없죠. 세가에서도 더 열심히 하는 수밖에. 반대로 기회가 될지도 모르고요."

"기회라니?"

"무림맹의 무기가 급격하게 품질이 올라 유명세를 탄다면, 그건 대장장이로서 제 개인의 명성이 오르는 셈이기도 하죠. 그러면 제가 세가로 돌아갔을 땐 더 득이 될 수도 있지 않겠습니까."

"……그렇게 생각할 수도 있겠군."

적도는 여러모로 남궁혁이 마음에 들었다.

대장장이로서의 실력도 그렇지만, 상당한 무공을 지닌 고수가 당주로 있음으로 해서 은연중에 병기당 장인들을 깔보던 이들도 사라졌다.

거기에 나이에 맞지 않게 생각이 깊기까지.

만약 자신에게 이런 손자가 있다면 얼마나 자랑스러웠을까.

적도는 가업을 이을 생각은 하지 않고 기생과 놀아나다가 복상사로 한심하게 죽음을 맞이한 손자를 잠시 떠올렸다가 생각을 지웠다.

"그러면 난 이만 가 보겠소. 내일 또 들르도록 하지."

"네, 살펴 가세요."

남궁혁은 일어나 적도를 배웅한 후, 가볍게 한숨을 쉬며 자리에 앉았다.

이제야 겨우 하루의 일과가 끝났다.

하지만 어디까지나 병기당주 남궁혁의 일과가 끝났을 뿐, 대장장이로서 남궁혁의 일과는 아직 끝나지 않았다.

"어디 보자……."

남궁혁은 서랍에서 주먹만 한 상자를 꺼냈다. 그리고 상자를 책상 위에 올려두고는 손가락으로 톡톡 두드렸다.

그러자 홈도 없고 열쇠 구멍도 없던 상자가 마치 꽃이 피어나듯이 활짝 만개했다.

상자가 열리자 남궁혁은 눈살을 찌푸렸다. 갑작스럽게 느껴진 마기 때문이었다.

상자 안에는 불길한 마기를 이글이글 뿜어내는, 주먹 반만 한 크기의 새빨간 보석이 들어 있었다.

천마신녀 주아흔이 남궁혁에게 맡긴 마신석이었다.

남궁장인가의 심처에 보관해도 충분하겠지만 직접 들고

다니지 않으면 불안해서 일부러 갖고 온 것이다.

처음에는 상자를 여는 방법도 알지 못했다. 주아흔도 모른다고 했다. 그랬는데, 무영살문이 단서를 주었다.

무영의 말로는 그 상자가 마신석을 보관하는 마련궤(魔蓮櫃)라고 했다.

교주의 핏줄을 이은 자가 아니면 열 수 없는 상자지만, 또 다른 방법이 있었다.

바로 이 연꽃을 개화시키는 것.

무영은 교주의 피를 이어받지 않고 열어야 하는 만큼 마신과 관련된 무언가를 활용해야 할 거라고 했다. 주아흔이 자신에게 건네줬다면 자신이 열 수 있을 것이라 생각한 남궁혁은 고민 끝에 한 가지 가정을 했다.

마신은 보통 불로 상징되곤 한다.

극도로 뜨겁게 달궈진 열 속에서 상자가 열릴지 모른다는 생각을 한 남궁혁은 즉시 남궁장인가에 있는 모든 재료를 털어 넣어 만든 어마어마한 화력 속에 마련궤를 집어넣었다.

그러자 지금처럼 상자가 마치 꽃이 피듯이 천천히 갈라지며 그 안의 마신석을 드러냈다.

그리고 한번 여는 데에 성공한 이후에는 남궁혁이 손만 갖다 대도 열고 닫을 수 있게 되었다.

남궁혁은 눈을 가늘게 뜨고 마신석을 훑어보았다.

이건 정말 다른 금속이나 광석과는 달랐다.

보석이라고 하긴 했지만 투명하지도 않았고, 보석처럼 광채가 나는 것도 아니었다.

오히려 당장이라도 피가 뚝뚝 흘러내릴 것 같은 섬뜩한 농도와 빛을 가진 액체 같았다.

'이게 바로 마신을 부르는 재료란 말이지.'

과연 그 이름답게 마신석은 사람을 홀리는 뭔가가 있었다.

마치 자신 안의 깊은 심연을 들여다보는 기분에 남궁혁은 침을 꿀꺽 삼켰다.

마신석의 마기는 마인들이 뿜어내는 마기와 그 성질이 달랐다.

패도적이고, 포악하고, 모든 것을 파괴해 버리려는 마인들의 마기와 달리 마신석의 마기는 지나치게 유혹적이었다. 귀에 닿는 부드러운 숨결, 가슴팍에 닿는 섬섬옥수의 손길, 축축하고 녹진한 입맞춤과 같았다.

수련이 낮다면 그대로 마기에 홀려 버릴 것이다.

천마신녀는 마신석에 대해 자세한 설명을 해 주지 않았다.

하지만 남궁혁에게는 무영살문이 있었다.

마신 재림을 막기 위해 손을 잡은 만큼 무영살문은 그에 대해 아는 대로 정보를 제공해 주었다.

교주의 피와 마신녀의 배를 빌어 태어난 갓난아기, 마신석으로 만든 마신검, 그리고 중원 각지에서 힘을 모을 아홉 개의 제단.

남궁혁은 무영살문의 정보를 얻고 나서야 모용세가가 꾸미고 있었던 것이 마신 재림을 위한 제단 건축임을 알 수 있었다.

마신 재림을 위한 의식의 순서는 이렇다.

아홉 개의 제단이 영물과 영약, 혹은 자연지기를 통해 힘을 모은 후, 마신검으로 갓난아이의 심장을 찌른다.

제물의 피를 먹은 마신검은 마신의 의지를 소환하고, 중원 각지의 제단은 그동안 모은 힘으로 마신이 재림할 수 있도록 이 세상의 균형을 깨부순다.

마신은 마신검에 깃들고, 그리하여 신검이라 불리는 검들이 으레 그렇듯 자아를 지니게 된다.

그뿐이 아니다. 마신은 마교도들에게 그의 힘을 제한 없이 베풀어 준다…….

무영살문이 가져온 마신 재림에 대한 정보는 이랬다.

마교가 진정으로 마신 재림을 꾀하고 있다는 사실을 알게 된 후, 무영살문은 남궁장인가의 정보력을 향상시키는

데 도움을 주면서 독자적으로 이 아홉 개의 제단을 추적하고 있었다.

지난번에 들은 소식으로는 무영살문이 그중 두 개를 발견해 파훼 작업에 들어갔다고 했다.

제갈화영은 세 개의 조건 중 하나라도 성사되지 않으면 별일이 없을 테니 안심하라고 전해 왔다.

마신이라는 상식을 깨는 존재만 아니라면, 지금 정파 무림이 마교에 밀릴 리 없다는 것이다.

마교의 전력은 기껏해야 천 명 전후. 마신이라는 변수가 있지 않는 이상, 정파 무림 전체를 상대하기엔 버거운 숫자다.

지금 마교가 북동쪽으로 움직인다고는 해도 그 숫자에 그 실력이라면 정파 무림 전체가 나설 것도 없다.

북동쪽에 있는 소림과 점창, 남궁장인가와 기타 중소 문파들이 뭉쳐 충분히 막아 낼 수 있다.

마교가 죽기 살기로 덤빈다고 해도 근처에 있는 무당파와 옥화산의 무림맹 정예가 도착할 시간은 충분히 벌 수 있었다.

어떻게 계산해 봐도 정파 무림의 승리였다.

그런데도 남궁혁은 불안했다.

이전 삶에서 정파 무림의 패배를 몸으로 겪었기 때문일까.

가급적이면 조금 더 안전하게 가고 싶었다.

이 정도로 큰 국면에서는 사소한 변수가 전세를 역전하기도 한다.

남궁혁은 마교가 가질 수 있는 변수는 제거하고 정파 측이 그런 유리한 변수를 갖고 있길 원했다.

'마신을 부를 수 있을 정도로 강력한 힘을 갖고 있다면, 마신에 대적할 수 있는 검을 만들 수도 있지 않을까?'

남궁혁은 심연처럼 깊이를 알 수 없는 마신석을 빤히 바라보며 생각했다.

마신검이 없다면 그에 대적할 검을 만들 필요는 없다.

마신석이 남궁혁의 손에 있으니, 마신검이 만들어질 리도 없다.

그렇다면 참 좋을 텐데.

하지만 남궁혁은 긍정적으로만 생각하지 않았다.

눈앞의 마신석이 과연 이 중원에 하나뿐일까?

주아흔은 이것이 유일한 마신석이라고 생각해서 혈족의 사활을 걸며 훔쳐 낸 모양이지만, 남궁혁의 생각은 조금 달랐다.

아무리 귀한 광석과 광물이라도 고작 이만한 게 전부일리 없다.

떨어진 운석에서 채취한다는 운철조차도 남궁혁의 몸보

다 큰 덩어리로 발견된다.

마신석도 이것보다 작더라도, 혹은 순도가 낮더라도, 분명 더욱 많이 존재할 것이다.

남궁혁은 그것들이 마교의 제단에 분포되어 있지 않을까 생각했다.

마신 재림 의식을 살펴 볼 때, 제단에 마신과 연결되는 수단이 있어야 했다.

어디서나 구할 수 있는 제물은 아닐 것이다.

검에 찔릴 어린아이는 당연히 아니다.

따라서 남궁혁은 그 연결 고리가 마신석이 아닐까 의심했다.

아홉 개의 제단에 마신석이 있다고 하면 분명 마신검을 만들 수 있는 마신석도 더 있으리라.

남궁혁을 납치하지 못했으니 마신검을 만들 장인은 없는 셈이지만, 남궁혁과 비슷한 수준의 장인이 몇 명 더 있다는 사실은 그도 잘 알고 있었다.

게다가 초야에 은거하고 있는 장인들도 있으리라.

이제부터는 모든 것을 다각도로 생각하고 변수를 검토해야 했다.

'그렇다면, 한 번 시도해 볼까?'

남궁혁은 마신석을 집어 들어 올렸다.

막무가내로 하려는 건 아니었다. 어떻게 할지 방법에 대해선 다 생각해 두었다.

결국 마신석이라는 건, 마기라는 엄청난 힘을 담은 영석이다.

하지만 마기는 전혀 별개의 기가 아니다. 마신의 힘이 섞였을 뿐, 원래는 자연지기를 바탕으로 하고 있다.

마공도 비슷하다. 처음에는 정파의 내가기공처럼 정순한 내공을 모은 후, 마신과 소통하는 기감을 열어 마기를 받아들이는 것이 마공의 수련 방식이다. 그렇게 마기를 흡수한 자연지기는 폭발적으로 팽창하며 급격한 내공의 성장을 이룬다.

남궁혁은 마신석도 비슷한 원리로 되어 있을 거라고 추측했다.

그렇다면, 마신석에서 마기를 빼면 된다.

어렵게 생각할 것 없었다. 영물을 영단으로 만드는 과정이랑 별반 다르지 않았다.

대부분의 영물, 영초는 오랜 세월 자연의 기를 축적할 만큼 오래 살아야 하기 때문에 대부분 그 자체로 독성을 지니고 있는 경우가 많다. 이 독성을 빼고 안전하게 영기만 섭취하기 위해서 의원들이 영초를 달이고 재우고 다른 재료를 섞기까지 하는 것이다. 그 과정에서 영기가 상당 부분 손실

178 남궁장인

되지만, 안전성은 확실히 보장된다.

남궁혁이 하려는 건 딱 그런 일이었다.

마기를 빼는 만큼 마신석이 갖고 있는 힘도 좀 줄어들겠지만, 그걸 감안하더라도 아마 지금까지 만들었던 것 중 가장 강력한 검이 나오리라.

남궁혁은 마신석을 챙겨 집무실을 나섰다. 그리고 자신의 개인 대장간으로 향했다.

무림맹은 남궁혁에게 전용 대장간을 마련해 주었다.

혼자 쓰기에는 아까울 정도로 넓은 데다가 필요한 연장과 시설은 전부 갖춰져 있고, 바로 옆 전용 창고에는 온갖 희귀한 재료가 마련돼 있기까지 했다.

마신석을 이리저리 두드리기에 더없이 좋은 장소였다.

그리고 남궁혁이 대장간 안으로 들어가고 두 시진 후, 화로의 굴뚝에서는 붉디붉은 연기가 솟아오르기 시작했다.

*   *   *

양강이 도도한 물살과 함께 부드럽게 흘러가며 내륙의 흙을 차곡차곡 쌓아 가는, 강의 흐름과 함께 기가 쌓이는 도시 남경.

곧 하북의 순천부로 수도를 옮길지도 모른다는 말이 여

기저기서 나오고 있었지만, 남경은 여전히 명의 수도로서 활기차고 기운이 넘치는 도시였다.

그리고 이 도시에서 가장 강한 기운이 넘실거리는 것은 역시 황제가 머무르는 황성이었다.

이른 오전. 황제의 식사 시간을 앞두고 황실 숙수들은 분주하게 움직이고 있었다.

그중 눈에 띄는 것은 단연 최근에 숙수로서 황실에 들어온 나태영이다.

나이가 지긋한 숙수들 가운데, 젊은 데다가 요리를 손수 만들고 있는 나태영은 단연 눈에 띄었다.

원래 황실의 숙수들은 직접 요리를 하는 경우가 드물었다.

보통 황제의 수라를 담당하는 나인들이 요리를 하고, 뒤에서 이들을 지휘 및 감독하는 것이 숙수의 일이었다.

하지만 나태영은 그런 관례를 깨 버렸다.

자신은 남을 부리는 데 익숙하지 않은 데다가, 남을 부려서는 자신의 맛을 낼 수 없다며 고집스럽게 직접 요리를 만들었다.

자무군주의 추천으로 들어왔고, 황제 또한 그의 손맛이 담긴 요리를 좋아하는지라 다행히 그의 고집은 용납될 수 있었다.

덕분에 그는 매일 황제의 끼니마다 한 개의 요리를 직접 전담해서 만들고 있었다.

오늘 나태영이 만들고 있는 것은 청돈마제별(淸炖馬蹄鼈).

안휘성 남부의 계곡, 맑은 물과 부드러운 모래 속에서 잡힌 자라와 손질된 고기, 달착지근한 향신료를 넣고 목탄 불에 뭉근하게 끓인 특급 보양식이었다.

거기에 나태영은 무림에서 쓰이는 영초 몇 가지를 선별해 넣었다.

보통 황실 숙수들은 감히 시도하지 못하는 방법이었다.

하지만 영초는 보통 쓰이는 재료들과는 차별화되는 색다른 맛을 낼 수 있는 데다가 감칠맛도 그냥 향신료들과 비교할 수 없었다.

"오늘도 열심이군, 나 숙수. 청돈마제별인가?"

백발이 성성하지만 여전히 눈에는 생기가 있는 노인 하나가 나태영의 요리를 보며 다가왔다.

나태영이나 다른 숙수들과 같은 푸른 옷이 아니라 검은 옷을 입은 노인이었다.

그가 바로 이 황실의 요리 전체를 책임지는 황실 대숙수였다.

나태영은 요리를 잠시 중단하고 대숙수에게 공손하게 답했다.

"예, 대숙수 님. 청돈마제별에 천해금초를 더해 봤습니다."

"호오, 천해금초라. 요새 황상의 기가 허하신데 좋은 보양이 되겠군. 자네 같은 인재가 들어와서 참으로 다행일세."

"과찬이십니다."

"그렇다면 나도 오늘은 재료를 조금 바꿔 봐야겠군."

대숙수는 그렇게 말하고 자신의 자리로 향했다.

나태영은 그 뒷모습을 보고 흐뭇하게 미소 지었다.

대숙수는 손수 요리를 하겠다는 나태영의 고집을 적극 지지해 준 사람이었다.

아마 그가 아니었다면 나태영도 다른 숙수들처럼 그저 뒤에서 나인들을 지휘하는 걸로 만족해야 했을지도 몰랐다.

남궁혁이 네 고집을 버리지 말라고 서신으로 조언해 준 것도 큰 도움이 되었다.

나태영과 남궁혁은 나태영이 황실에 온 이후로도 계속 연락을 주고받았다.

남궁혁의 한 마디 한 마디는 언제나 나태영에게 큰 힘이 되었고, 그의 조언은 늘 곤란한 상황에서 벗어나게 해 주었다. 어제도 마침 남궁혁으로부터 서신을 받은 참이었다.

남궁혁은 서신에서 자신이 최근 무림맹의 청을 받아 병기당주 자리에 취임했다는 얘기를 전하며, 동시에 나태영에게 한 가지 경고를 전했다.

바로 마교와 관련된 이야기였다.

마교가 다시 때를 노리고 있다는 소식은 나태영도 알고
있었다. 황실에서도 마교의 동태에 촉각을 곤두세우고 있었
으니까.

그들은 정파 무림처럼 마교 역시 상호불가침의 관계로
놓을 생각이 전혀 없었다.

마교의 목적은 황실마저도 타도하고 자신들만의 나라를
세우는 것이니까.

때문에 황실 금위군에서는 마교가 정파 무림과 전쟁을
벌이게 될 경우 적당한 시기를 봐서 이에 개입할 계획이 세
워지고 있었다.

하지만 남궁혁이 전한 얘기는 조금 달랐다.

암살 시도가 있을 거야.

암살이라니.

남궁혁은 그 암살의 대상이 누군지, 암살을 시도하는 쪽
이 누군지 언급하지 않았다. 하지만 나태영도 그 정도는 추
론할 수 있었다.

암살의 대상은 황제, 그리고 암살을 시도하는 쪽은 마교

이리라.

황제가 암살을 당한다면 국정은 혼란에 빠질 것이다.

새 황제가 누가 되느냐로 내분이 생길 테니 마교에 신경 쓸 여력이 없어진다.

당장 황제 자리를 차지하는 것이 급하지 누가 고통 받는 민생과 정파 무림을 신경 쓰겠는가.

그렇게 되면 마교는 보다 수월하게 무림맹을 상대할 수 있게 된다.

게다가 만약 마교가 전쟁에서 이긴다면, 내분으로 힘을 잃은 황실을 보다 쉽게 제압할 수 있을 것이다. 그렇게 마교 천하로의 길이 열리게 된다.

이 나라의 모든 권력과 그 결정권은 황제에게 있다.

나라를 뒤흔들려면 황제를 처리하는 것이 가장 최선이다.

하지만 결코 쉽지 않은 일이다. 따라서 예상하기도 어려운 일이다.

또한 마교가 응당 무림맹을 최우선으로 상대할 것이라 생각하지, 황제 암살을 먼저 시도할 거라고 생각하기는 쉽지 않다.

허나 황제 암살을 먼저 생각한다면 자연스럽게 마교가 주도하고자 하는 정국이 머릿속에 그려진다.

이걸 나태영에게 보낸 이유도 짐작이 갔다.

남궁혁은 대 세가를 이끄는 소가주다. 아무리 나태영과 친하다고 해도 그냥 정보를 던져 줄 리 없었다. 다 이유가 있으리라.

즉, 나태영의 주변에서 일이 터질 거라는 뜻이다.

황제와 같은 높은 신분의, 수시로 주변의 보호를 받고 있는 이를 암살하는 방법은 여러 가지가 있다.

그중 가장 대표적인 것이 바로 음독(飮毒)이다.

역대 얼마나 많은 황제들이 독살당해 목숨을 잃었던가. 아무리 독살에 대한 대비를 한다고 해도 먹는 행위는 하루에도 여러 번 일어나기 때문에 완벽한 예방이란 있을 수 없다.

하지만 대부분의 음독 시도가 일어나는 주방에 나태영만큼 기감을 발달시킨 무인이 섞여 있다면 그 시도들을 훨씬 더 무력화시킬 수 있다.

설마 남궁혁은 이렇게 될 걸 알고서 나태영에게 황실 숙수로서의 길을 권했던 걸까?

그렇게 생각한다면 정말 대단한 사람이었다. 원래도 남궁혁을 존경하던 나태영이었지만 이번에는 진짜 소름이 돋을 정도였다.

동시에 책임감이 불타올랐다.

남궁혁은 나태영을 믿고 부가적인 설명도 없이 이 한 줄을 보낸 것이다.

이 정도는 네가 이해하고 알아서 잘 움직일 것이라 믿고 말이다.

자신을 친구로 대해 주는 것마저도 황송할 정도로 대단하고 존경스러운 사내가.

그런 이의 기대를 업었는데 실수할쏘냐.

나태영은 청돈마제별을 만들면서도 주변의 동태에 신경을 썼다.

평범한 사람이라면 쉽게 할 수 없는 일이지만 나태영은 공동의 정식 제자였다.

비록 최근에는 계속 식칼과 국자를 잡긴 했지만, 한 명의 적을 상대하며 동시에 수십의 동태를 살필 수 있는 감각은 여전히 그의 안에 살아 있었다.

하지만 수상쩍은 움직임을 보이는 자는 없었다. 독처럼 보이는 걸 음식에 넣는 자도 없었다.

하긴, 남궁혁에게 서신을 받고 하루 만에 뭔가가 나타날 리가 없었다.

게다가 황제에게 진상되는 요리는 전부 은 젓가락으로 독이 있는지 검사를 거친다.

은이 보랏빛으로 물들지 않는 희귀독이 아닌 이상에야

황제를 암살하는 것은 쉽지 않을 것이다.

나태영은 그래도 주의를 소홀히 하지 않으며 요리를 마쳤다.

부들부들한 살에 육즙이 가득 배인 자라를 새 그릇에 옮겨 담자, 나인이 독을 검사하기 위해 음식을 약간 덜어 갔다.

청돈마제별은 역시나 이상이 없었다.

이번에도 한 그릇을 잘 만들었다는 사실에 나태영이 약간의 안도를 느낄 무렵, 옆으로 다른 나인이 또 다른 그릇의 독을 검사하기 위해 지나갔다.

수정병(水晶餠). 속에 달콤한 소를 채운 바삭바삭한 간식으로, 오늘 황제의 식사 후 후식으로 나갈 음식이었다.

나태영의 오늘 요리에 맞춰 대숙수가 새로 만들어 구웠기 때문에 아직도 김이 따끈따끈하게 올라오고 있었다.

그때, 나태영의 코가 흠칫하며 벌름거렸다.

수정병에서 독특한 냄새가 났다. 아주 희미해서 웬만한 사람은 맡을 수 없겠지만, 무림인으로서 오감을 단련한 나태영의 후각을 벗어날 순 없었다.

'이 냄새는…… 설마 산해별화?'

나태영은 침을 꿀꺽 삼켰다. 지금 대숙수가 만들어 수랏상에 올린 간식에서는 천해금초와 만날 경우 극독이 되는 영초의 냄새가 나고 있었다.

"대숙수, 어서 음식을 올려 주십시오. 폐하께서 시장해하십니다."

음식 준비 상황을 확인하러 온 내관이 준비를 서둘렀다.

나태영이 말릴 새도 없이 음식들은 하나둘 황제가 있는 곳으로 날라지기 시작했다.

"나 숙수도 함께 가시지요. 오늘은 나 숙수가 어떤 음식을 준비했는지 폐하께서 오전 내내 궁금해하셨습니다."

"아, 알겠습니다."

내관의 말에 나태영도 그 뒤를 따랐다. 언제나 황제의 식사 자리에 대동하는 대숙수도 함께였다.

가는 내내 나태영의 머릿속은 복잡했다. 대체 대숙수가 왜 산해별초를 쓴 걸까. 영초를 쓰는 것은 나태영의 특기였다.

다른 숙수들은 감히 시도하지 못하기에 더욱 눈에 띄는 것이었다.

하지만 그는 황실 대숙수다. 나태영만큼 조예가 깊지는 않아도 황제의 건강 때문에 약재나 영초를 쓰는 일은 왕왕 있었다.

산해별화와 천해금초가 만나면 극독이 된다는 사실을 모르고 쓴 걸지도 모른다.

영초는 일반적인 약초보다 구하기 어렵고, 그 구하기 어려운 것들이 만나 독이 될 수 있다는 건 알아도 어떤 조합이 독이 되는지 알기는 더욱 쉽지 않다.

아무리 의원들의 도움을 받는다고 해도 이 분야는 의원들마저 쉽게 실수할 수 있는 분야 아닌가.

나태영이 복잡하게 생각하는 사이 그들은 황제의 내실 앞에 도착했다.

두 개의 음식 중 하나만 먹지 않으면 된다. 그러면 황제의 몸속에 극독이 생길 리는 없다.

하지만 이미 황제의 앞에 올라간 음식들이다. 막는 방법은 여러 가지가 있지만, 독을 이유로 든다면 대숙수는 끌려갈 것이다.

나태영이 망설이는 이유는 하나였다. 만약 대숙수가 모르고 산해별화를 썼다면?

대숙수의 수정병은 후식이다. 그렇다면 당연히 수정병을 먹고 난 후 독 반응이 일어나리라.

대숙수가 황제를 암살하려고 한 것이라면 그렇게 쉽게 자신이 의심받을 짓을 할까?

"자네 안색이 좋지 않군. 어디 안 좋은 것이라면 나 혼자 들어갈 테니 자네는 돌아가 쉬게."

"아, 아닙니다, 대숙수. 들어가겠습니다."

대숙수는 그래도 괜찮겠냐며 흐릿한 미소를 띠었다. 어쩐지 아쉬워 보이는 기색이었다.

오전 집무를 마치고 휴식을 취하던 황제는 그득한 수라상을 보고 화색을 띠었다.

특히 나태영의 요리가 담겨 있는 금색 그릇을 보곤 기쁨을 감추지 못했다.

자무군주가 추천한 그는 요새 황제가 유독 아끼는 숙수였다.

"그래, 나 숙수. 오늘은 어떤 요리를 준비했는가?"

"폐하께서 요새 정무에 힘드신 거 같아 기를 보하는 청돈마제별을 준비했습니다."

"호오, 거참 맛있어 보이는군."

황제가 눈을 빛내자 태감이 청돈마제별로 다가가 음식을 덜려고 했다. 그때 대숙수가 한 걸음 앞으로 나섰다.

"폐하. 청돈마제별을 드시기에 앞서 소신의 수정병으로 입맛을 돋우시는 건 어떠신지요?"

"수정병으로? 그것은 후식이 아니던가?"

"소신이 오늘 만든 수정병은 특별한 재료를 넣어 산뜻하기 그지없습니다. 개운해진 혀로 나 숙수의 청돈마제별을 드실 수 있을 겁니다. 한 번 시험해 보시지요."

"대숙수의 말이라면 당연히 그러하겠지. 수정병을 먼저

가져 오거라."

태감이 수정병을 작은 그릇에 덜었다. 대숙수의 입가에 회심의 미소가 걸렸다.

순간 나태영의 속이 철렁했다. 하지만 더 이상 망설여서는 안 됐다. 나태영의 손에서 공동파의 절기, 구음수(九陰手)가 펼쳐졌다.

쨍그랑—

수정병을 담은 그릇이 바닥에 떨어지며 산산조각이 났다. 산해별화를 넣은 수정병은 데구루루 굴러가다가 멈췄다.

황제의 어전에서 무공을 쓴 나태영의 목에는 순식간에 금위군의 검 열여섯 자루가 겨누어져 있었다.

"무, 무엄하도다! 감히 황상의 어전에서!"

내관이 목소리를 떨면서 크게 외쳤다. 그의 눈에는 나태영이 황제의 신임을 얻고 숙수 자리에 오르더니, 기회를 엿봐 암습을 하려 한 것처럼 보였다.

하지만 황제는 전혀 노한 기색이 없었다.

갑자기 발출된 공격은 전혀 자신을 향한 것이 아니었다.

황제는 나태영의 무공 실력에 대해서도 잘 알고 있었다.

처음 황실에 들어올 때 금위군 통령 하나와 무공을 겨루게 했으니까.

무림의 실력자를 내궁 안에 들이는 것이니 당연하다면

당연한 절차였다.

황제가 그날 본 나태영의 실력은 이 가까운 거리에서 긴장을 푼 자를 향한 암습에 실패할 정도가 아니었다.

그가 공동파에서 내로라하는 실력자가 아님은 알지만, 동시에 아주 어렸을 때부터 명문대파에서 성실히 수련해 온 무인임도 알고 있었다.

"칼을 거두라."

"폐하!"

"나 숙수가 공격한 것은 짐이 아니라 대숙수의 요리다. 왜 그랬는지 이유를 묻도록 하지."

황제의 말이 떨어지자 열여섯 자루의 검이 조금씩 물러났다. 나태영은 그 자리에 부복한 후 충격적인 말을 내뱉었다.

"황공하옵니다, 폐하. 소신이 대숙수의 요리를 엎은 것은, 대숙수의 수정병이 폐하께 독이 되기 때문입니다."

"뭐라?"

나태영의 입에서 나온 말에 대숙수의 얼굴이 시커멓게 물들었다.

수정병을 먼저 권한다면 청돈마제별을 먹은 이후 독 반응이 나타나고, 황제를 독살하려는 범인은 나태영이 된다.

그런 자신의 계획이 산산이 무너진 것이다. 산해별화와

천해금초가 만나면 독이 된다는 사실을 알고 있는 이는 그야말로 극소수.

나태영이 그 사실을 알고 있을 줄은 미처 몰랐다.

무림인 출신 숙수에 영초를 즐겨 쓰는 자라 드디어 황제를 의심 없이 암살할 기회가 왔다고 생각했는데……!

나태영이 상황을 알고 있다면 변명은 무의미하다.

어찌 넘어간다 한들 기회는 다시 오지 않을 터. 그의 판단은 빨랐다.

"대숙수가 피를 흘린다!"

"저, 저자를 막아라!"

나태영이 황제에게 대숙수의 음모를 고발하자마자 그는 입에서 피를 뿜으며 한쪽 무릎을 꿇었다.

이빨에 독을 숨겨 놓은 모양이었다.

"마, 마교 천하! 마신 재림! 푸헉—!"

시커먼 피를 줄줄 흘리면서 그는 황제에게 다가가려고 애를 썼다.

자신이 먹은 독을 황제에게 흩뿌릴 용의였던 듯했지만, 그는 몇 걸음 가지 못하고 금위군의 칼에 온몸을 꿰뚫린 채 쓰러졌다.

갑작스럽게 벌어진 일련의 사건에 황제는 물론 금위군과 내관들까지도 입을 쩍 벌렸다.

마교가 중원을 호시탐탐 노리고 있다는 것, 그리고 그들이 곧 북쪽을 통해 침범할 것이라는 건 알고 있었다.

하지만 수십 년을 황제와 함께했던 대숙수가 그들 중 하나였다는 사실은 충격적이었다.

그 충격에서 가장 먼저 벗어난 것은 황제였다.

"……나 숙수가 아니었다면 큰일 날 뻔했군."

"아닙니다. 당연히 할 일을 했을 뿐입니다."

아직 심장이 벌렁벌렁했지만 나태영은 공손하게 황제의 말에 답했다.

"짐의 목숨을 살린 은인에게는 보답을 해야겠지. 지금 이 시간부로 숙수 나태영에게 공석이 된 황실 대숙수의 자리를 내린다."

"황공하옵니다, 폐하."

"금위군은 황실의 경비를 강화하고, 내관은 총 통령을 불러오라. 마교가 어떻게 대숙수에게 접근했는지 그의 행적을 낱낱이 조사하고, 그 이외에도 마교가 황실 어디까지 손을 뻗었는지 확인해야 할 것이다."

"예, 폐하."

황궁은 황제 암살 시도로 인해 급박하게 돌아가기 시작했다. 그 와중에 서른도 안 된 나이에 황실 대숙수 자리에 오른 나태영은 얼떨떨함이 가시지 않은 채로 숙소에 돌아와 남궁혁에게 보낼 서찰을 쓰기 시작했다.

남궁혁이 예언했던 내용과는 조금 달랐지만, 결국 나태영은 그의 말대로 황실 대숙수가 된 것이다. 그것도 크나큰 공적과 함께.

*　　　*　　　*

나태영이 보낸 서신이 남궁혁에게 도착하기까지는 약 오일이 걸렸다.

황제 암살 시도는 일급 기밀 사항인 만큼 자세한 내용은 적혀 있지 않았지만, 남궁혁은 이미 무영살문을 통해 나태영이 어떤 경로로 대숙수 자리에 오르게 되었는지 알고 있었다.

참으로 다행이었다. 황제 암살은 이전 삶에도 있었던 일이었다.

이전 삶에서는 정보에 무지한 데다가 황제 암살과 정마대전에 어떤 연관이 있는지 파악하지 못했기에 까맣게 잊고 있던 일이었다.

하지만 안다고 해도 무림인인 남궁혁이 미처 대처할 수는 없는 일.

혹시나 싶어 황실 안에 있는 나태영에게 서신을 보냈는

데 일이 잘 처리되었다.

거기에 겸사겸사 나태영도 이전 삶에서 그랬던 것처럼 황실 대숙수가 되었다.

이전 삶에선 마흔이 넘은 나이에 대숙수 자리에 올랐던 걸 생각하면 오히려 더 빠른 성취를 거뒀다.

남궁혁은 나태영이 보낸 서신을 화로에 넣어 태우고는 하늘에 뜬 달을 바라보았다.

다행스러운 소식이 술맛을 돋웠다. 어디선가 들려오는 부드러운 악기 소리도 밤공기를 부드럽게 만들었다.

그가 앉아 있는 곳은 무림맹 인무문 안에 있는 한 고급 주루의 정자였다.

평소 남궁혁이라면 잘 오지 않는 곳이었다.

하지만 오늘은 손님을 맞기로 해서 특별히 좋은 자리를 예약해 두고 기다리는 참이었다.

남궁혁이 마저 잔을 비우자 사락사락한 옷자락 스치는 소리가 들려왔다. 부드러운 비단의 소리였다. 가벼운 발소리가 정자의 계단을 울렸다.

"사부님—!"

단정한 색의 무복을 입고 머리는 같은 색의 끈으로 단출하게 묶은 소녀, 진하가 달보다도 환한 미소와 함께 쪼르르 남궁혁에게 다가왔다.

"아니, 사부님! 제가 오지도 않았는데 먼저 잔을 비우고 계셨어요?"

"생각보다 네가 너무 늦어서. 내가 없다고 신법 수련 게 을리한 게 틀림없네."

"사부님도 참, 세가에서 무림맹까지 얼마나 먼지 잘 아시 잖아요. 언니들이 예물 나르는 마차에 호위 무사까지 서른 이나 붙여 줘서 저 혼자 달려올 수 없었단 말이에요. 아직 도 주루에 짐 풀고 있어서 저 혼자 빨리 왔어요."

진하는 뾰로통하게 입술을 내밀고는 상 반대편에 앉았 다.

"그래. 두 사람이 챙긴 예물이면 양이 어마어마할 테니, 발이 느릴 만도 하지. 세가는 요새 별일 없고?"

"눈에 띄게 별일은 없는데, 눈에 안 띄는 일은 뭐가 있는 지 전 모르죠. 도영 언니랑 화영 언니가 보낸 서신에는 뭐 가 있지 않을까요?"

진하가 품속에서 두 개의 서신을 꺼내 남궁혁에게 건넸 다.

무영살문으로부터 세가의 일에 대한 보고를 받고 있었 지만, 진하가 건넨 서신들은 좀 더 개인적인 편지에 가까웠 다.

제갈화영이야 그냥 안부를 묻는 편지를 보내는 거지만,

민도영의 편지에는 남궁혁을 향한 연심이 담뿍 담겨 있었다.

그 사실을 알고 있기에 남궁혁도 흐뭇한 미소로 편지를 챙겨 품 안에 넣었다. 이건 진하 앞에서 개봉할 만한 서찰이 아니었으니까.

"그래, 이번에 제갈세가에 간다고?"

"네. 화영 언니가 본가에 전할 것이 있다고 해서요."

"제갈 소협을 만나러 가는 건 아니고?"

"그건 뭐, 겸사겸사죠."

진하가 술병을 들어 남궁혁의 잔에 술을 채웠다.

얼마 전 진하는 제갈화천의 끝없는 구애에 드디어 혼인을 승낙했다.

이번에 가는 건 제갈화영의 부탁 때문에도 있겠지만, 제갈세가의 어른들에게 얼굴을 알리러 가는 것이리라.

그야말로 경사였다. 제갈세가와 더 단단한 끈으로 묶이게 되는 것도 있지만, 남궁혁은 진하가 서로 좋아하는 상대와 미래를 약속하게 된 것이 기뻤다.

"혼례 준비는 잘 되어 가고? 신부가 오래 자리를 비워도 괜찮은 건가?"

"언니들이 알아서 준비해 준다고 하셨는걸요. 그리고 사부님 얼굴을 보고 직접 드리고 싶은 말이 있었어요."

진하는 그 장난기 가득한 얼굴에 진지함을 가득 담고서 남궁혁을 바라보았다.

작디작은 소녀시절, 그녀에게 반으로 나눈 만두를 건네주었던 사람.

아픈 그녀의 이불을 끌어올려 주고, 약을 지어 주었던, 무공과 기술을 가르쳐 어디서든 제 몫을 할 수 있는 사람으로 길러 준 사부.

얼굴도 기억나지 않는 아버지보다 든든하면서도 처음으로 자신의 여심을 설레게 했고, 세상 그 누구보다도 존경하는 남자.

"저를 지금까지 길러 주셔서 감사합니다. 사부님이 아니었다면 지금의 저는 없었을 거예요."

장난기 없는 진하의 목소리에 남궁혁은 목이 메었다.

"내가 뭘 한 게 있다고…… 너희들이 알아서 잘 컸지."

남궁혁은 진심이었다. 남궁혁이 진하에게 해 준 게 별 건가.

현재 남궁혁의 능력과 재력이라면 진하는 손에 물 한 방울 안 묻히고 자랄 수도 있었다.

하지만 진우와 진하 남매를 들였을 때는 고양이 손이라도 빌려야 하는 상황이었고, 물동이 하나 드는 것도 버거운 어린 여자아이에게 망치와 집게질을 가르쳐야 했다.

그런 상황에서도 진하는 불평 한 마디 없이 밝은 얼굴로 자신을 잘 따랐다.

무공 수련도 힘들었을 텐데 투정 부리지 않았다.

진우도 진하도 정말 그 힘든 길을 잘 따라 줬다.

정작 그런 부분이 진하가 남궁혁에게 감사해하는 부분인 줄도 모르고 남궁혁은 멋쩍어했다.

"사부님이 스스로의 길을 가는 뒷모습을 보여 주신 것이 제겐 가장 큰 배움이었어요. 말뿐인 논어, 맹자보다, 사부님의 말과 행동에서 배울 점이 더 많았는걸요."

"쑥스러우니까 그만하렴."

"그리고 그 결과 남궁장인가라는 큰 세력을 만드셨잖아요. 제가 제갈 소협과 혼약할 수 있는 것도 다 사부님 덕분이에요. 제가 사부님의 제자가 아니었다면 저와 제갈 소협이 서로를 얼마나 좋아하든 제갈세가에서는 저를 받아 주지 않았을 거예요."

다른 건 다 아니라 해도 이건 남궁혁도 인정할 수밖에 없는 사실이었다.

제갈화천이 먼저 청혼했고 제갈화영이 적극 지지했다지만, 제갈화천은 제갈세가의 소가주다. 진하는 장차 가주의 아내가 되는 것이다.

그만한 자리는 원래 정략적으로 들어갈 사람이 결정되기

마련이다.

물론 기회가 잘 맞아떨어진 것도 있었다.

제갈화천은 모용세가 방계 가문의 여식과 혼담이 오가는 중이었다.

그러던 중 모용세가가 풍비박산이 나는 바람에 세가의 어른들이 제갈화천의 요구를 받아들인 것이다.

비록 남궁혁의 핏줄은 아니지만 남궁혁이 두 제자를 자식만큼 아낀다는 건 유명한 사실이고, 진하는 대 세가의 여식과 비교해도 전혀 부족하지 않을 만큼 아름답고 총명했다.

어릴 적부터 민도영의 옆에서 세가를 꾸리는 법을 배워 온 데다가 뛰어난 장인이기까지.

정말 어디에 내어놔도 손색없는 재녀였다.

그런 진하를 제갈세가에 보낸다고 생각하니 막상 아쉽기도 했다.

세가가 성장한 이후 일 때문에 바빠서 진하와 시간을 보낸 적이 드물었다.

좀 더 많은 것을 가르쳐 주고 싶었는데.

"그래. 그렇게 나를 생각해 주니 고맙구나. 네게는 이 든든한 사부가 있으니까, 혹시라도 제갈세가 어른들이 괴롭히면 꼭 말해. 내가 당장이라도 달려갈 테니까."

"에이, 사부님도. 제가 괴롭힘 같은 거 당하고 살 성격이에요?"

진하는 까르르 웃었다. 남궁혁도 그런 부분은 사실 별로 걱정하지 않았다. 두 사제는 주거니 받거니 술을 따르고 잔을 비웠다.

"내일 동이 트면 제갈세가로 바로 떠나니?"

"네. 여기 들른 건 사부님 뵈러 온 거니까요."

"그래. 가는 길, 마저 조심하고 섬서로 돌아갈 때 시간되면 또 들르렴."

"그건 잘 모르겠어요. 여기 올 때도 길이 험해서 좀 고생했거든요. 아마 갈 때는 조금 돌아서 갈 거 같아요."

"길이 험해?"

진하의 말에 남궁혁이 되물었다. 섬서부터 여기 무림맹까지는 그리 험한 길이 없었다.

섬서에서 서안까지만 가면, 서안에서 이곳으로 오는 큰 관도가 있으니까.

하지만 진하의 말은 문자 그대로 '길이 험하다'는 뜻이 아니었다.

"민심이 흉흉하더라고요. 중간에 들를 만한 곳을 찾지 못해서 고생했어요. 돈을 준다고 해도 무림인이면 싫다고 해서 두 번이나 야숙을 했는걸요. 다들 눈빛이 이상해서 머물고 싶지도 않았지만. 섬서 북쪽이랑은 너무 분위기가 달라요."

"최근 몇 년간 가뭄이 심하긴 했지. 민란이 있는 지역도 있다더라."

"가뭄이요?"

"넌 세가를 떠난 일이 거의 없어서 잘 모르겠지만, 몇 년간 중원 전체에 비가 내리질 않았어. 여기저기서 식량이 부족하다고 난리야."

"세상에. 전혀 몰랐어요. 세가 주변은 다들 풍족하게 사니까……."

남궁혁은 쓴웃음을 지었다. 섬서 북쪽이 풍족하게 사는 건 다 남궁혁 덕분이었다.

앞으로 계속해서 가뭄이 이어진다는 걸 알고 있던 남궁혁이 수로 시설을 전부 개선하고 저수지 수십 개를 파는 등 준비에 만전을 기울였기 때문이다.

"그 가뭄 덕분에 세가의 곡물들이 비싼 가격에도 불구하고 날개 돋은 듯 팔려 나가는 거야. 우리가 생산하는 무기들도 마찬가지지. 검이 팔린다는 건 곧 어디에서는 피가 흐른다는 얘기니까."

어쩔 수 없는 일이었다. 무기를 만드는 장인이라면 당연히 감수해야 하는 일.

아무리 대단한 것을 만든다고 해도 무기의 최종 목적은 누군가의 목숨을 거두는 데 있다.

비록 남궁장인가의 무기들은 가격이 비싸 민란을 제압하는 관병들에게 지급되는 게 아니지만, 병사들을 지휘한 장수들에게 상으로 내려진다는 사실을 남궁혁은 알고 있었다.

거기에 남궁장인가 주변에 있는 대장간들이 돈을 버는 것도 다 수없이 많은 민란 덕분이었다.

이 얘기를 더 하고 싶지 않았던 남궁혁이 말을 돌렸다.

"그런데 이상하네. 그런 곳일수록 돈을 준다고 하면 거절하지 않을 텐데."

"그러게 말이에요. 말 한 마디 더 꺼내기라도 하면 싸울 태세였다니까요. 뭔가 사정이 있겠지 싶어서 그냥 마을을 나왔어요. 그런 일에 검까지 뽑고 싶지는 않아서."

"그래, 잘했다."

남궁혁은 진하를 칭찬했다.

진하의 말처럼 무력을 가진 이가 그런 일로 일일이 검을 뽑는 건 좋은 일이 아니었다.

외부인을 들이는 걸 격렬하게 거부하는 마을도 있기 마련이니까.

갑자기 말이 없어진 남궁혁을 진하가 빤히 바라보았다.

아까 민란과 관련된 일로 마음이 안 좋아진 걸 눈치 챈 모양이었다.

"너무 마음 쓰지 마세요, 사부님. 중원의 모든 사람들을 도울 순 없어도 사부님은 세가와 섬서 북쪽 사람들을 위해 충분히 많은 걸 하셨잖아요."

"그건 그렇긴 하지."

그게 남궁혁의 위안이었다.

남궁혁이 세가를 키우고 무기와 곡물을 비싼 값에 팔아 치우지 않았다면 남궁장인가 사람들과 그 주변의 사람들도 배고프고 힘들었을 것이다.

황제조차도 세상의 모든 사람들을 살필 수는 없다.

남궁혁은 자신이 할 수 있는 한도 안에서 최선을 다하고 있었다.

"그래서 사부님은 더 많은 사람들을 위해서 힘을 가지시려는 거죠? 도와주고, 지켜 주고, 더 마음 편하게 살게 하려고요."

진하는 맑은 눈으로 남궁혁을 바라보았다.

남궁혁 자신은 그렇게까지 선한 인물은 아니었다.

남을 생각하긴 하지만 자신에게도 분명 이기적인 측면은 있었다.

세력을 키운 주된 목적은 마교를 막기 위해서였고, 사람들이 잘 살게 만든 것도 유기적으로 얽히고 뭉친 세력이야말로 마교에 대항할 수 있기 때문이라고 믿었기 때문이다.

하지만 제자 앞에서는 위선이라도 좋은 사부님이 되고 싶었다.

"그래, 네 말이 맞아."

"그죠? 역시 사부님이에요. 제가 혼인하더라도 사부님의 그런 마음가짐은 절대 잊지 않을 거예요. 제가 아이를 낳는다면 사부님에게 배운 그대로 가르칠 거예요. 사부님의 제자가 된 건 제 인생에서 가장 현명한 선택이었어요."

진하의 솔직함이 남궁혁의 마음을 파고들었다.

진하는 자신의 제자가 된 것이 최고의 선택이었다고 하지만, 사실 진우와 진하 같은 아이들을 제자로 맞은 거야말로 최고의 행운이 아닐까.

사부로서 이렇게 뿌듯하고 감격스러운 말을 들어 보는 이도 드물 것이다.

"제갈세가 소가주의 총명한 두뇌와 너의 명랑함, 거기에 내 마음가짐을 갖춘 아이라…… 정말 기대되는데. 네 아이의 검은 평생 내가 책임지마."

"진짜요? 약속하신 거예요, 사부님. 나중에 무르시면 안 돼요!"

진하는 태어나지도 않은 아이의 검을 약속 받은 것이 그렇게 기쁜지 호들갑을 떨었다.

그렇게 사부와 제자의 밤이 흘렀고, 남궁혁은 혼약을 앞 둔 신부가 구설수에 오를까 술을 한 병 더 비운 후 서둘러 진하를 방으로 들여보냈다.

진하는 이튿날 새벽 일찍 무한을 향해 떠났다.

남궁혁은 그날만큼은 새벽 수련도 거르고 진하를 배웅했다.

제갈화천과 결혼을 한다고 해서 영영 못 볼 것도 아닌데, 그날따라 떠나는 진하의 모습이 남궁혁의 마음을 아리게 했다.

*   *   *

진하가 떠나고 열흘 후.

오늘도 남궁혁은 새벽 수련을 거른 채 대장간에 박혀 있었다.

근 삼 일 간 남궁혁은 새벽 수련도, 금속 주괴를 만드는 일도, 행정 업무도 거의 하지 않았다.

금속 주괴야 이미 합금 비율에 대한 공식을 알려 주었고 다른 장인들도 있으니 문제가 되지 않았다.

삼 일 정도 행정 업무를 보지 않는다고 해서 병기당이 마비되지는 않았다. 하지만 신검을 만드는 일에서는 한시도 눈을 뗄 수가 없었다.

그만큼 극도의 집중력을 요하는 작업이었다.

마신석에서 마기를 빼내는 작업에 성공한 직후, 남궁혁은 쉴 새 없이 망치질에 몰두했다.

마기를 뽑아낸 마신석은 기존의 붉은 색이 사라지고, 대신 그 어느 금속보다도 맑은 흰 색을 띠었다.

흰 색이라는 말도 사실 어울리지 않았다.

그냥 '빛'에 가까웠다.

흰 눈을 단단히 뭉치듯 태양빛을 모으고 모아 주먹만 하게 뭉치면 딱 이런 모습이 나오리라.

남궁혁은 그것을 통째로 부숴 합금에 섞었다.

재료의 비율은 딱히 정하지 않았고, 손 가는 대로 집어넣었다.

평소 정확한 계산을 통해 합금을 만드는 남궁혁의 성격과는 정반대였다.

정확한 계산은 구성하는 재료의 특징을 전부 파악할 때나 가능한 거다.

전혀 예측 불가능한 재료를 접할 때 할 수 있는 게 아니었다.

약간 덜어서 시험이라도 해 볼 수 있으면 좋을 텐데, 마기를 덜어 낸 마신석은 그 양이 엄청나게 줄어든 탓에 함부로 실험도 할 수 없었다.

믿을 수 있는 건 평생을 대장장이로 살아 온 남궁혁의 직감뿐이었다.

부드럽게, 부드럽게.

그 반짝이는 빛과 같은 금속을 바라보며 고른 재료들은 전부 검을 무르게 만드는 재료였다.

연검을 만드는 재료와 비슷했다.

익숙하고 자연스럽게 재료들을 모으던 남궁혁은 잠깐 멈칫했다.

검을 만들 때는 재료의 균형이 중요하다.

원래의 마신석으로 검을 만들었다면 이 재료가 맞았다.

마신석의 패도적인 기운을 감싸 안을 재료를 골랐을 테니까. 하지만 마기를 뺀 마신석은 정 반대였다.

지금이라도 단단한 경검을 만드는 재료를 고르는 게 좋을까?

고민은 잠시였다.

남궁혁은 그대로 직감을 믿기로 했다.

어쩐지 이 반짝이는 것에 단단한 재료를 섞는 일을 해서는 안 될 것 같았다.

마침내 모든 재료가 극도로 화력을 올린 화로 안에서 부글부글 끓기 시작했다.

불 앞에 서 있는 것이 일상인 남궁혁조차 얼굴이 시뻘겋게 익어 땀을 흘릴 정도였다.

마신석을 녹이기 위해 내공을 불어넣어 피운 불길이었다.

보통 시뻘겋게 달아오르곤 하는 쇳물은 그 엄청난 화력에 새하얗게 끓어오르기 시작했다.

"후웁—!"

남궁혁은 숨을 깊게 들이마시고는 작업을 지속했다. 틀에 쇳물을 붓고, 식자마자 모양을 가다듬으며 강하게 내리쳤다.

'어?'

남궁혁은 당황하며 망치를 멈췄다. 방금 소리가 이상했다. 철을 때리는 소리가 아니라, 뭔가에 튕겨 나오는 소리 같았다.

검기와 검기가 맞부딪쳐 서로를 튕겨 낼 때 나는 소리 말이다.

'이거, 보통이 아닌데?'

망치를 쥔 남궁혁의 손에 힘이 들어갔다.

저도 모르게 망치에 내공을 두르고 있었다는 사실에 소름이 돋았다. 망치를 내려칠 때마다 번쩍번쩍 불이 튀었다.

물에 넣을 때는 그 수증기가 대장간 안을 가득 메웠고,

화로 속에 넣으면 불길이 미친 듯이 치솟았다.

야생마. 남궁혁의 손에서 태어나고 있는 이 신검은 쉽게 자신을 허락하지 않는 고고하고 도도한 초원의 야생마를 떠올리게 했다.

희고 거친 갈기를 흩날리며, 자신이 허락할 만한 대상이 아니라면 손길을 허락하기는커녕 그 말발굽으로 가차 없이 짓밟을 것 같은 그런 야생마.

누가 이기나 한 번·해보자.

남궁혁은 그런 마음으로 더더욱 세게 망치를 내리쳤다.

* * *

죽은 듯이 잠이 들었던 남궁혁은 움찔거리며 눈을 떴다.

온몸이 물 먹은 솜처럼 축 늘어지고 피곤했다.

사력을 다해 검을 만든 탓이었다.

어젯밤, 남궁혁은 '신검'이라 불릴 만한 엄청난 검을 완성했다.

그리고 지쳐 쓰러져 내내 쿨쿨 잠을 잤다.

신검을 만드는 건 정말 생사결이나 다름없었다.

남궁혁은 자신의 내공을 반 이상 소진해야 했다.

그 결과, 가히 엄청난 존재를 만들 수 있었다.

기존에도 신검이라 부르는 검을 만든 적은 있었지만 그 것과는 차원이 달랐다.

오히려 예전에 만들었던 검을 신검이라고 불렀던 것을 반성해야 할 정도였다.

남궁혁은 손으로 어젯밤 내내 안고 잤던 신검을 손으로 매만졌다.

매끈한 검갑과 손잡이는 신검이라는 엄청난 존재를 위한 것이라고 하기에는 너무 단순하고 투박했다.

하지만 검을 살짝 뽑으면—

'역시 평범하군.'

남궁혁은 일어나 자세를 고쳐 앉았다. 그리고 제대로 검을 뽑아 보았다.

유백색의 매끈하고 아름다운 검. 백옥보다도 흰 빛으로 반짝이는 검은 분명 아름답기는 했다.

하지만 그뿐이었다.

아무리 마기를 뺐다고는 하나 마신석을 쓴 검치고는 너무나 평범했다.

흔히 잘 만든 검에서 느껴지는 기이한 느낌조차도 없었다.

남궁혁이 신검을 만드는데 실패한 걸까?

그 엄청난 공을 들여서 만든 검이 이렇게나 평범하게 느

꺼지다니…….

"사람의 말을 듣는 검이라니. 대체 내가 뭘 만든 거지."

남궁혁은 그 평범해 보이는 검을 보면서 중얼거렸다.

원래 이 검은 이렇게 평범하지 않았다.

어젯밤, 검을 완성했을 때 남궁혁은 검 앞에서 그만 무릎을 꿇을 뻔했다.

고작 검 한 자루가 이렇게 강한 절대자의 기운을 풍길 거라고는 생각하지 못했다.

마신석에서 느껴지던 기운은 상대가 되질 않았다. 이것이야말로 '신검'이라 불릴 만한 검이었다.

남궁혁이 일전에 무영살문을 잡기 위해 퍼트렸던 소문과도 비교할 수 없었다.

맑은 물에는 고기가 살지 못한다고 하던가, 신검 앞에 선 남궁혁은 감히 그 검을 쥘 수 없는 하찮은 인간에 불과했다.

이 정도 검이라면 제아무리 마교에서 마신검을 만든다고 해도 능히 상대할 수 있을 것 같았다.

이 검을 쥘 수 있는 사람이 있다는 전제하에 가능한 얘기였지만.

그래도 남궁혁은 검을 들어 보았다. 평소처럼 검을 쥐는 것에 불과한데도 엄청난 심력이 소모되었다.

너무나 고귀한 존재를 마주친 것 같은 부담스러움이 몰려왔다.

동시에 이걸 대체 어떻게 숨길지 고민이 됐다.

이대로 두면 기감이 발달한 무림맹 사람들이 신검의 존재를 알게 되리라.

하지만 당분간은 이 검의 존재를 숨기는 게 좋을 것 같았다.

너무 강력한 무기의 존재는 사람들을 사분오열하고 자만에 빠지게 하니까.

　　"대체 이 기운을 어떻게 숨기지? 무영석으로 검갑
　　을 만들어야 하나. 그냥 두면 욕심 많은 사람들이 달
　　려들 텐데……."

남궁혁이 그 기운을 숨기기 위해 고민하느라 중얼거렸을 때.

'어?'

갑자기 신검의 막대한 기운이 마치 없었던 것처럼 사라졌다.

여전히 아름다웠지만 그저 장식품 같았다.

검에 무슨 이상이 생긴 건가 남궁혁이 당황하자, 신검은 걱정하지 말라는 듯 다시 슬그머니 기운을 흘렸다.

남궁혁이 중얼거리는 걸 마치 알아들은 것 같았다.

남궁혁이 왜 신검을 만들었는지조차 알고 있는 걸까?

그 상태로 신검은 기운을 숨기고 잠잠해졌다.

남궁현암을 비롯해 몇몇 고수들이 기이한 기를 느끼고는 무슨 일 있는 거냐며 남궁혁의 대장간에 찾아왔지만, 남궁혁은 새로운 무기를 만드는 실험 도중 기와 기의 충돌이 있었다며 적당히 둘러댔다.

그리고 신검을 위장하기 위한 투박한 검갑을 만들어 넣은 후 처소로 돌아와 잠들었다.

그리고 일어나니 지금인 것이다.

"말만 안 할 뿐이지 사실상 이지를 갖고 있는 거나 마찬가지군."

남궁혁은 매끈한 검날을 손으로 쓸며 중얼거렸다.

자신이 가진 기운을 자유자재로 갈무리하고 방출할 수 있는 검이라니.

마냥 힘을 뿜어내기만 하는 전설 속의 신검들과는 또 달랐다.

마치 엄청난 내공을 지닌 고수 같지 않은가.

"네 이름은…… 천신이검(天神耳劍)이 좋겠다."

사람의 말을 알아듣는 귀를 가진 신검이라는 뜻을 담아

남궁혁은 검의 이름을 지었다.

이름이 마음에 드는지 검에서는 우웅— 하는 조용한 공명음이 들렸다.

이런 모습을 볼 때마다 자꾸 깜짝깜짝 놀라게 된다.

자신이 정말 엄청난 것을 만들었구나 싶어서.

'그래도 이 검을 쓸 일이 없었으면 좋겠는걸.'

기왕 만들어진 무기이니 신나게 휘두를 무대가 주어진다면 좋겠지만, 남궁혁은 오히려 반대였다.

신검이 필요할 정도의 국면이라면 마신검이 등장했을 때일 테니까.

마신 재림이 실현되면 마인들의 힘이 비약적으로 상승한다고 하지 않나.

그렇다면 신검이 마신검을 상대할 때까지 수많은 무림인들이 희생될 터였다.

그리고 솔직히 말하자면, 남궁혁은 이 신검의 위력을 제대로 발휘할 자신이 없었다.

화경의 경지에 다다른 검의 이해와 내공도 이 신검을 다루기에는 역부족이다.

지금 천신이검이 남궁혁의 말을 듣는 것도 자신을 검의 주인으로 인정해서가 아니라는 게 느껴졌다.

굳이 말하자면 다소의 배려라고나 할까. 이 세상에 자신을 헌신하게 만든 인간에 대한 배려.

과연 이 검을 감당할 만한 사람이 세상에 있을까?

남궁혁은 자신이 만나 본 여러 고수를 떠올렸지만 하나같이 역부족이었다.

현격한 차이가 나는 고수는 자신의 힘으로 검을 압도하려고 할 것이나 마음처럼 되지 않을 것이고, 남궁혁과 엇비슷하거나 그보다 아래는 이 검을 잡을 엄두도 못 낼 것이다.

그러니 검을 쓸 상황이 오지 않기를 바랄 수밖에.

"당장은 갈 곳이 없으니 한동안 나랑 지내야겠네. 앞으로 잘 부탁한다."

남궁혁은 천신이검에게 부드럽게 인사를 건넸다.

그러자 또다시 천신이검의 기운이 잠시 일렁이다가 사라졌다.

남궁혁은 천신이검을 검갑에 넣은 후, 평소에 차고 다니는 검과 함께 패용했다.

이제 신검을 만드는 일도 끝났으니, 다시 일상으로 돌아갈 시간이었다.

*　　　*　　　*

마교의 주력 부대가 동북쪽으로 떠났지만, 마뇌를 비롯한 일부 무력 부대는 아직도 화염산에 머물러 있었다.

가장 일선에서 전략 전술을 이끌어야 할 마뇌가 여기 머무르고 있다는 건 좀 이상했다.

하지만 그보다 더 중요한 일이 화염산에 있기에 마뇌는 떠나지 못하고 있었다.

그 일만 해결되면 당장이라도 동북쪽으로 달려가 교주와 소교주의 옆에서 군사를 지휘하리라.

때문에 마뇌가 황제 암살 계획의 실패를 들은 것은 남궁혁보다 조금 늦은 며칠 후였다.

그는 황제를 암살하려던 대숙수가 마신 재림을 외치며 죽었다는 사실에 잔뜩 인상을 찌푸리고 혀를 찼다.

"빌어먹을 놈. 일을 실패했으면 곱게 죽어야지……."

대숙수는 전대 마뇌가 있던 시절부터 수십 년간 심혈을 기울여 황실에 투입한 인재였다.

해남검문에 투입시켰던 놈과 비슷한 경우였다.

황실 숙수로 투입시키는 것이니 이렇다 할 의심을 받을 교육은 일체 시키지 않은 채, 오로지 요리 실력과 마교에 대한 충심, 그리고 그 충심을 가리는 연기에 대해서만 지독할 정도로 교육시킨 게 바로 그 대숙수였다.

이제 곧 중원 침략이 가시화되는 데다가 스스로 좋은 기회가 왔다고 연락이 왔기에 암살 계획을 허락했더니, 결과가 이런 참담한 실패다.

그것도 하필이면 황제에게 마교에 대한 경각심까지 심어주면서 죽어 버리다니!

마뇌는 한 손으로 이마를 감싸 쥐었다.

아랫것들의 공명심까지 마뇌가 어떻게 할 수는 없는 법이다.

게다가 황실 대숙수로서의 삶을 살면서도 마교에 대한 신심을 유지하게 하다 보니 어찌 보면 아주 예상 밖의 일도 아니다.

"하는 수 없지. 그래, 모든 일에는 일장일단이 있는 법 아니겠는가."

"맞는 말씀이오."

마뇌의 중얼거림에 어둠 속에서 누군가가 답했다.

마뇌는 별로 놀라지 않았다. 지금 마뇌에게 황실의 소식을 갖다 준 마영(魔影)의 목소리였으니까.

그는 원래 교주의 눈과 귀였으나, 교주와 마뇌가 멀리 떨어져 있는 상황 때문에 교주가 마뇌에게 붙여 준 이었다.

교주 직속인 만큼 그 신분이 결코 낮지 않아서 마뇌도 말을 함부로 할 수는 없었다.

"마영 그대가 그렇게 말하는 걸 보니 뭔가 좋은 소식도 있는 모양이오?"

"슬슬 때가 됐다는 사실을 잊고 계신가 보오. 당가의 장인 말이오."

"아⋯⋯!"

마뇌의 입에서 탄성이 터져 나왔다.

그래, 그가 있었다. 사방장인인지 뭔지 하는 콧대 높은 대장장이들 중 서쪽 당가타의 장인.

"그렇구려. 슬슬 때가 되었군."

"어제 그자가 감금되어 있는 대장간에서 엄청난 기가 느껴졌소. 혹시나 싶어 들어가 보진 않았지만 아마 슬슬 완성되었을 거요."

마영의 말에 마뇌가 침을 꿀꺽 삼켰다.

마영이 말하는 바가 무엇인지는 확실했다.

마검, 그것이 완성된 것이다.

남궁혁의 예상대로였다.

마신석은 주아흔이 들고 도망친 것 외에도 한 상자 정도 분량이 더 있었다.

그것을 각지의 제단으로 보내고 화염산에 남은 것이 다섯 개.

주아흔이 가져간 마신석이 가장 순도가 높고 힘이 강해 특별히 보관한 것이긴 했지만, 나머지 다섯 개를 합친다면 주아흔이 들고 간 것에 모자라지 않았다.

물론 지금도 그 마신석을 탈취당한 것은 마뇌에게 뼈아픈 일이었다.

마신석을 보관하는 책무를 바로 마뇌가 담당하고 있었으니까.

그걸 생각하면 지금도 이가 갈리고, 주아흔 그 계집을 잡아다가 사지를 찢어 놓아도 분이 안 풀릴 것 같았다.

그때부터 모슨 일에 실수가 없었던 자신의 계획이 늘 최선에서 차선으로, 차선에서 차악으로 좋지 않은 결과를 불러왔으니까.

하지만 어쩌겠는가. 교주는 그것이 마신의 뜻이라고 했다.

그래도 분이 풀리지 않아 추적한 결과 주아흔 그 계집이 남궁혁이라는 장인에게 마신석을 넘겼다는 사실을 확인했다.

남궁혁을 잡아와 마신검을 만드는 게 마신의 뜻인가 싶어 남궁혁을 납치하려고 했으나 괜히 해남검문에 심어 놓은 간자만 들통 나게 되어 버렸다.

하는 수 없이 남궁혁을 포기하고, 당가에 잠입했던 전적이 있는 이공자를 통해 당가의 장인을 붙잡아 오게 된 것이다.

내친김에 마뇌와 마영은 화염산 내에 마련되어 있는 대장간으로 향했다. 그곳에 당허정이 있었다.

당허정. 중원 전체에서 내로라하는 장인이자 사천당가 안에서는 가주 다음으로 높은 어른인 그는 남궁혁에게 실력으로 패한 후 몇 년을 내다보고 폐관에 들어갔었다.

보통 폐관이란 무림인들이 영단의 내공을 흡수하거나 심득을 얻기 위해 하는 거지만, 장인이라고 못 할 건 없었다.

그는 그만큼 절실했다. 새파란 애송이한테 졌다는 사실보다는, 자신이 그렇게 자만하고 있었다는 사실에 큰 충격을 받았다.

그 당시 남궁혁의 나이는 지나치게 젊었다.

아니, 젊다라는 말도 지나치다.

당허정의 입장에서 보면 까마득하게 어린 상대였다.

그런 상대가 당허정과 비슷한 경지를 이룩했다면, 당허정의 나이가 되어서는 더 높은 수준에 다다를 것이 빤했다.

당허정은 마음이 급해졌다.

당장 자신의 실력보다는 앞으로 당가 대장간의 미래가 걱정되어서였다.

당허정은 당가 최고의 실력자다. 그 말인즉, 당허정의 실력이 당가 대장간이 도달할 수 있는 한계라는 뜻이다.

사람은 자신의 눈으로 본 단계까지만 갈 수 있다. 괜히 경험이 중요한 게 아니다.

지도할 능력이 충분한 사부들과 수많은 대련 상대, 거기에 뛰어난 비급들을 가진 대문파들도 세상을 보고 오라는 이유하에 제자들로 하여금 강호 유람을 보내지 않는가.

그런 이유에서 당허정은 십 년 폐관에 들어갔다.

자신은 죽을 때까지 남궁혁에게 밀릴지라도, 자신의 제자들은 더욱 높은 경지를 이룩하도록.

그렇게 벽곡단만을 먹으며 망치를 내려치고 재료에 대한 심도 있는 고민을 거듭한 후, 당허정은 몇 년 만에 세상 빛을 보러 나왔다.

사실 좀 더 수련하고 싶었지만 어째 바깥의 동태가 이상했다.

가장 이상한 건 벽곡단과 수련 재료를 갖다 주러 오는 제자들의 분위기였다.

당문은 이 공자인 당경천이 사실 마교의 삼 공자였다는 사실이 드러남으로 인해 봉문을 선언했다.

하지만 몇 년째 폐관중인 당허정이 이에 신경을 쓸까 봐 함구령을 내렸다.

보다 미래를 내다본 당가주의 결정이었다. 하지만 그게 패착이 될 줄은 당가의 누구도 예상하지 못했으리라.

그런 상황에서 당허정이 또 이상하게 생각할 만한 일이

생긴다. 바로 이 공자 당경천의 방문이었다.

평소에 별로 살갑지 않던 조카 녀석이 직접 찾아와 숙부님이 좀 나와 주셔야겠다고 간곡히 부탁한 것이다.

하지만 당허정은 당가주가 자리를 비울 시 그 대리를 맡는 집안의 어른이다.

뭔가 문제가 있다면 친하지 않은 조카라도 당허정을 찾을 만했다.

첫째가 오지 않는다면 정말 중한 문제가 있다는 거 아닌가.

설마 그게 마교의 함정일 줄이야.

그렇게 폐관을 깨고 나오자마자, 당허정은 마교로 납치됐다. 자신을 기다리고 있던 마교의 삼 공자에게.

자신이 평생 알고 지내던 조카가 사실 마교 삼 공자의 변장이라는 걸 알고 얼마나 놀랐던가.

그보다 더 놀라운 것은 당허정의 눈앞에 있는 다섯 개의 마신석이었다.

마뇌라는 작자는 이 마신석으로 최고의 걸작을 만들라고 설득했다. 바로 마신검을 말이다.

솔직히 욕심이 났다.

대장장이로서 마신석과 같은 재료를 만나는 것은 기연이나 다름없다.

하지만 그는 동시에 무림의 사람이었다.

무공을 익히지는 않았지만 당가의 어른이었고, 마신검을 만들어 마교에 힘을 실어 준다는 것이 어떤 의미인지를 알았다.

저항했고, 거부했지만 소용없었다.

놈들은 사천당가 내부에 설치된 파천파멸독액진에 대해 알고 있었다.

당가가 위기에 처했을 경우, 당가가 가진 독과 약, 그리고 비술에 대한 비밀이 새어 나가지 않게 당가타를 중심으로 반경 삼백 리까지 모든 것을 녹여 버리는 극독의 절진.

놈들은 그 절진을 발동시키는 법을 알고 있었다. 그리고 당허정이 말을 듣지 않을 경우 절진을 가동시켜 버리겠다고 협박했다.

오랫동안 당가의 이 공자로 분해 있던 녀석이 있는 만큼 기밀을 알고 있는 건 놀랍지 않았다.

하지만 만약 절진이 펼쳐진다면…….

그 이상은 상상도 하고 싶지 않았다.

오랜 시간 쌓아 온 당가의 비전이 싸그리 사라지는 것은 물론, 당가의 식솔들과 그 주변의 민간인들까지 수천의 목숨이 삽시간에 사라질 테니까.

그랬다간 사천당가에 대한 후대의 비난이 끝도 없이 이

어지리라.

게다가 마교가 이걸 무림맹에 대한 함정으로 쓸 가능성도 농후했다.

그걸 생각하면 당허정은 마교가 원하는 걸 들어줘야 했다.

그리고 어떻게든 살아남아서 당가에 이 사실을 알려야 했다.

그랬기에, 그는 마신검을 만들었다.

화경의 고수인 남궁혁도 삼 일 밤낮 침식을 잊어 가며, 온몸의 내공을 쏟아 부어 천신이검을 만들었다.

게다가 마기를 **빼낸** 후 작업에 들어간 천신이검과 달리 마신검은 마신석을 그대로 이용해 만들면서 당허정의 생기를 **빨아먹으며** 완성되어 갔다.

그러니 무공을 연마하지 않은 당허정에게는 더욱더 고된 작업이 이어졌다.

완성을 앞둘수록 마신검이 생기를 **빨아들이는** 양은 더욱더 커져서, 대장간 주변에는 차마 경비 무사를 배치하지 못할 수준이었다.

때문에 마뇌도 마영도 마신검이 완성되었는지 확실히 알지 못하고 있었다.

그런 마신검을 보러 가자고 마영이 제안한 것이다.

당허정이 마신검을 제작하는 대장간은 화염산의 한 산봉

우리 근처의 동굴에 있었다.

제아무리 이름이 화염산이라지만 실제로 불타오르는 게 아닌 만큼 화염산에도 갖가지 초목들이 자생하고 있었다.

특히 당허정이 있는 대장간은 계속 목재를 날라야 하기 때문에 아예 수풀이 우거진 곳에 존재했다.

그런데 지금 마뇌와 마영이 오르고 있는 산길에는 살아 있는 것이 존재하지 않았다.

모든 초목이 말라 바스러졌고, 길목마다 뼈와 가죽만 남은 동물의 시체가 널브러져 있었다.

이게 다 마신검의 영향이라고 생각하니 마뇌는 온몸이 짜릿했다.

아직 제물을 바치는 순서가 되지 않아서 마신검에 마신이 깃들진 않았겠지만, 마신검은 그들의 신을 모실 만한 충분한 자격을 갖춘 그릇이 된 듯했다.

"들어가지요."

혹시 모를 상황에 대비해 마영이 먼저 동굴의 안으로 들어섰다.

"음?"

마뇌는 들어가려다가 입구 구석에 있는 한 인영을 보고 멈칫했다.

누군가가 쓰러져 있었다. 바싹 마른 거죽만 남아 있어 얼굴을 알아보기 힘들었지만 마뇌는 그가 입은 옷을 보고 한 쪽 눈썹을 치켜떴다.

사천 당가의 녹의, 당허정이었다.

"마신검을 완성하고 도망치려다가 그대로 죽었나 보군."

마뇌는 그를 알아보곤 흐뭇한 미소를 지었다.

이용하기에 아주 편한 자였다. 최근 또 다른 대장장이의 교활함 때문에 모든 술책이 허사로 돌아간 적이 많았기에 더더욱 그랬다.

마신검을 만든다면 당가로 돌려보내 준다는 마뇌의 말을 철석같이 믿은 모양이었다.

"역시 장인들은 이런 우직한 맛이 있어야지. 안 그렇소, 마영? 파천파멸독액진의 발동 방법을 끝내 알지 못하고 삼 공자께서 퇴각하셔야 했을 땐 아쉽기 그지없었는데, 이렇게 라도 써먹으니 참으로 기분이 좋구려."

마영은 대답하지 않았다. 하지만 마뇌의 말에 상당히 공 감하는 모양이었다.

사실 마뇌는 파천파멸독액진의 발동 방법을 알지 못했 다.

그저 그 진의 존재에 대해서 알고 있는 게 전부였다.

하지만 정보를 갖고 하는 싸움은 사실이 전부가 아니다.

때로는 그럴싸한 거짓이야말로 강력한 무기가 되곤 한다.

지키고자 하는 것이 있는 우직한 자일수록 그런 점이 더 잘 먹혀들어 갔다.

마뇌와 마영은 그렇게 죽은 당허정의 시신을 뒤로한 채 안으로 들어갔다.

사대 장인이라 불리며 당가 내에서 끝없는 칭송과 존경을 받아 왔던 장인의 죽음치고는 너무나 허무한 죽음이었다.

안으로 들어가던 마뇌와 마영은 문득 걸음을 멈추었다. 그리고 홀린 듯 제 자리에 무릎을 꿇었다.

그들은 이어 무릎걸음으로 엉금엉금 안으로 기어 들어갔다.

남들이 보면 의아할 만한 상황이었다.

마교 내에서 꿀릴 것 하나 없는 저들이 갑자기 왜 저러는 걸까.

교주마저도 저 두 사람에게 저렇게 저자세를 요구할 수는 없었다.

물론 마뇌의 경우 일전의 실패로 인해 스스로를 극도로 낮춘 적이 있기는 하지만.

그 이유는 오래지 않아 드러났다.

무공을 익히지 않은 연약한 문사의 무릎에서 피가 날 때 즈음, 마뇌는 그 자리에서 멈춰 바닥에 머리를 쿵 찍었다.

마영도 다르지 않았다.

그곳에는 마치 타는 것처럼 시뻘건 검 한 자루가 있었다.

당장이라도 마뇌의 목을 내려찍을 듯이 공중에 떠 있는 검에서는 사람의 마음을 울렁거리게 하는 불길한 기운이 느껴졌다.

"마신이시여……!"

검을 향한 마뇌의 목소리에서는 떨림이 느껴졌다.

교주에게서조차 느껴 본 적 없는 극도로 순수한 마기!

이건 분명 마신의 힘이었다.

　서둘러라. 어서 나의 힘을 이 세상에 해방시켜라……!

귀로 들리는 것이 아니라 머릿속을 공명하는 것처럼 마신의 목소리가 울려 퍼졌다.

마신은 지금 마신검을 매개로 그들에게 말을 걸고 있었다.

무림의 역사 상 몇 자루 없었던 신검의 신화가 눈앞에 재현된 셈이었다.

이 세상천지에 모르는 것이 없다는 정보의 귀재 마영조차도 이 신비스러운 상황이 믿기지 않는지 온몸을 벌벌 떨었다.

마뇌는 머릿속의 정보를 다소 수정해야 했다.

지금까지 마교의 문헌에서는 마신검에 제물을 마쳤을 때 마신이 재림한다고 적혀 있었다.

하지만 지금 마뇌는 마신검을 통해 마신의 목소리를 듣고 있었다.

제물로 인해 마신이 재림하는 것이 아니라, 이 세계에 간섭할 수 없었던 마신의 힘이 제물로 인해 개방된다는 뜻이었던 걸까?

어느 쪽이든 상관없었다. 이제 마지막 과정만 마치면 일만 마교인이 바라던 마교천하가 눈앞에 다가오는 것이다.

"잠시만 기다리십시오. 신마신녀를 데려오겠습니다."

신마신녀(新魔神女), 주아흔의 자리를 대신해 소교주의 아이를 밴 모용청경을 이르는 말이었다.

원래 예정되어 있던 모용청경의 해산일은 한참 지났다.

하지만 아직도 그녀는 아이를 낳지 못하고 있었다.

이유는 간단했다. 마뇌가 약을 써서 해산하지 못하게 막고 있었기 때문이다.

그리고 그렇게 하는 이유 또한 단순했다.

갓 태어난 아기의 정기를 마신검이 흡수해야만 더욱 강한 힘을 발휘할 수 있기 때문이었다.

정말 치를 떠는 잔악함이었다. 동남동녀의 정혈을 빼앗

아 수련하는 것을 예사로 여기는 사파도 이런 간악무도함을 상상하지는 못했으리라.

모용청경이 소교주 마헌의 아이를 밴 것도 결코 그녀가 좋아서 한 일이 아니었다.

모용청경은 약에 취했고, 마헌 또한 그녀를 주아흔으로 착각하게 하는 약을 먹었다.

마신 재림을 위한 과정 전체에 자연스러운 것이라곤 하나도 없었다.

마교의 장로 중에는 혹여나 이런 과정이 마신 재림에 부정을 부를까 염려했다.

하지만 마뇌는 무시했다. 일을 달성하는 데 자연스러움이 뭐가 중요한가.

자연스럽게 일이 진행되기를 바라며 천년만년을 더 기다려야 하는가? 절대 아니었다.

"마영, 당장 소교주의 처소로 가 신마신녀를 모셔 오시오."

"알겠소."

마영은 그 즉시 자리를 떴다. 신법과 은신에 능한 그답게 그의 신형은 순식간에 사라졌다. 그가 신마신녀를 데려오기까지는 일각도 걸리지 않으리라.

그러나 일각 후, 마영이 데려온 것은 신마신녀가 아니라 의외의 소식이었다.

"신마신녀가 도주했소. 정신이 든 사이 달아난 모양이오."

모용청경의 도주 소식에 마뇌의 얼굴이 있는 대로 구겨졌다.

망할 정파 놈들. 꼭 다 된 밥에 재를 뿌리다니!

마뇌가 이를 갈자 마영이 한숨을 푹 내쉬며 말했다.

"추적을 지시했으나 쉽지는 않을 거 같소. 신마신녀가 원래 가진 무력은 그리 강하지 않으나 지금은 마신의 힘을 받아 웬만한 마인들을 뛰어 넘는 데다가, 그녀의 뱃속에는 소중한 제물이 있지 않소. 자칫 추적하다가 제물이 잘못될까 염려되오."

"맞는 말씀이구려."

마영의 견해에 마뇌도 동의를 표했다.

지금 중요한 것은 그녀의 뱃속에 있는 제물이었다.

제물은 살아 있어야 한다. 죽은 시신은 아무리 헤집어 봤자 제물로서 가치가 없었다.

약 때문에 몇 달이나 자연스럽게 출산하지 못한 상황.

그 상황에서 무공을 쓰며 도주한다면 제물이 유산될지도 몰랐다.

이런 상황은 또 처음인지라 마뇌도 마땅한 수가 생각나지 않았다.

지금 칼자루를 쥐고 있는 것은 마교가 아니라 모용청경

쪽이었다.

마냥 도주하게 내버려 뒀다가 지쳤을 때 잡을까?

그랬다가 실수로 놓쳐 버리기라도 하면 큰일이니 그냥 쫓을까? 아니면 회유라도?

마뇌의 머리가 촌각을 다투며 바쁘게 돌아가고 있을 때, 마신의 음성이 그들의 머릿속에 울려 퍼졌다.

염려하지 마라, 나의 아이들아.

"마신이시여."

잠시 마신의 존재를 잊고 있었던 두 사람은 다시 그 자리에 부복했다. 그들이 무릎을 꿇자 마신의 말이 이어졌다.

그녀는 나의 뜻을 받드는 존재. 나의 뜻을 거스를 수 없는 자. 나를 찾아 이곳으로 올 터이니 걱정하지 말지어다.

*　　　*　　　*

모용청경은 지금 자신이 어디로 향하고 있는지 알 수 없었다.

밤이라면 별을 따라 방위를 확인할 수 있을 텐데, 그게 아니니 그저 동쪽이라고 생각되는 방향을 향해 무작정 뛸 뿐이었다.

산달을 한참 넘긴 몸으로 추격을 따돌리는 것은 쉽지 않았지만, 그래도 그녀는 무림인이었다.

갓난아이일 땐 집안 어른들의 무릎 위에 앉아 무공서 읽는 소리를 자장가처럼 들었고, 아장아장 걸어 다니기 시작하면서부터 젓가락보다 조금 두꺼운 목검을 항상 들고 다녔다.

그녀는 무인이었다. 내로라할 후기지수는 아니었지만 자신의 성취에 늘 자부심을 갖고 있었고, 더 높은 경지를 위해 밤낮을 잊고 수련에 매진했다.

또한 그녀는 정파 무림의 한 축인 모용세가의 적녀였다.

세가를 위해 한 몸 바치기로 한 결정이 마냥 옳지만은 않다는 사실을 알고 있었지만, 그게 이런 식으로 되돌아올 줄은 몰랐다.

처음 마교로 왔을 때까지만 해도 상황이 그렇게 끔찍하지는 않았다.

마교는 자신들의 아군으로서 모용청경을 대우해 주었고, 신마신녀라 부르며 깍듯하게 대했다.

그리고 뿔뿔이 흩어진 모용세가 사람들을 모아 다시 세

가를 복구해 주겠노라 약속했다.

평생을 적으로 알고 살아왔던 이들을 무작정 믿은 건 아니었다.

아무리 손을 잡았었다지만 그녀는 생의 대부분을 정파로 살아왔으니까.

그거 외에는 방법이 없었으니 그저 믿은 것뿐이었다.

그런 그들의 태도가 손바닥 뒤집듯 바뀐 건, 마교의 소교주 마헌과 인사를 나눈 후였다.

마헌은 상태가 좋지 않았다.

눈빛은 공허했고 마뇌나 시종들이 그를 부르는데도 전혀 반응을 하지 않았다.

좀 이상하다고 느꼈을 즈음, 그가 그녀와 눈을 마주친 후 처음으로 반응을 보였다.

그는 모용청경을 보고 '아흔—'이라고 불렀다.

그 순간 마뇌의 눈이 무섭게 번뜩인 것을 보고 도주했어야 했는데.

그 이후의 일은 꿈에서도 보고 싶지 않았다. 끔찍했다. 그날 밤 식사부터 독이 섞여 있었다.

대부분의 시간은 정신을 잃었고, 정신을 차렸을 땐 자신에게 무슨 일이 일어났는지를 파악하느라 경황이 없었다.

분노와 수치심이 차올랐지만 독에 제압된 사지는 아무것

도 할 수 없었다.

그렇게 차츰 배가 불러오기 시작했다…….

누구의 자식인지는 분명했다. 마교의 소교주, 마헌의 씨였다.

끔찍한 일이었다. 모용청경은 마교와 손을 잡았을지언정, 이런 것을 원하지는 않았다.

동등한 동맹이라고 생각했던 마교는 모용청경의 의사 따위는 묻지도 않았다.

정신을 차린 건 우연한 기회였다.

분명 배가 불러 온 지 열 달이 넘었는데도 해산의 기미가 보이지 않았고, 마인들은 기존과 조금 다른 독을 모용청경에게 강요했다.

그 전의 독은 사지에 힘을 주지 못하게, 내공을 조금도 쓰지 못하게 했지만 이번 독은 그 정도는 아니었다.

모용청경은 단전에서 꿈틀거리는 자신의 내공을 느끼며 눈물을 흘렸다.

그녀는 천천히 몸을 가다듬어 갔다. 마인들이 눈치채지 못하게, 조금씩.

그리고 오늘, 모용청경은 탈주를 감행했다.

마인들은 방심했던 게 분명하다. 모용청경이 손가락 하나 까딱할 수 없는 상태라고 믿은 모양이었다.

모용청경은 문 앞을 지키고 있던 두 명의 마인을 해치우고, 그들 중 하나의 검을 빼앗아 달아났다.

정신을 잃고 마헌에게 강간을 당하기 전보다 마교 내부에 사람이 적은 것도 그녀의 탈주에 도움이 되었다.

감금당하기 전까지만 해도 마교 내부를 안내받고 자유롭게 돌아다닐 수 있었기에 위치를 파악하는 것은 어렵지 않았다.

문제는 그 경계를 넘어선 다음부터였다.

드넓은 사막에 펼쳐져 있는 붉디붉은 화염산. 그곳에서 모용청경은 길을 잃었다.

몸이 다 회복되었다고 자신했던 걸까? 방향도 제대로 잡을 수 없었다.

하지만 도망쳐야만 했다. 그러지 않고선 자신의 뱃속에 자리 잡은 이 끔찍한 것을 처리할 수 없었다.

모용청경은 뱃속의 아이에게 일말의 애정도 품지 않았다.

게다가 독을 쓰면서까지 아이를 낳지 못하게 막는 것으로 보아 모종의 목적이 있는 것 같았다.

독으로 인해 정신이 흐린 와중, 모용청경은 자신을 찾아온 마뇌의 목소리를 똑똑히 들었다.

"특별히 주의를 기하도록. 태중의 아이가 앞으로 교의 흥망을 좌우할 것이니, 때가 되었을 때 태어나도록 각별히 신경을 써야 할 것이다."

만약 마교가 자연스럽게 마헌과의 혼사를 제안했다면 모용청경은 받아들였을 것이다.

비록 모용세가는 뿔뿔이 흩어졌으나 동맹으로서 존중해 줬다면 충분히 그럴 수 있었다.

하지만 마교는 신뢰를 산산이 부숴 버렸다.

그제야 정신이 들었다.

마교에게 모용세가는 오로지 도구일 뿐이었다는 것을 그제야 깨달은 것이다.

그렇다면 이 아이는 자신에게 족쇄에 불과했다.

태어났을 때 마교에 득을 줄 존재라고 생각한다면 더더욱 없애야 했다.

모용청경은 잠시 걸음을 멈추고 숨을 몰아쉬었다. 아무리 몸을 회복했다고 한들 오랫동안 독에 시달려온 임부의 몸은 예전 같지 않았다.

어딘가 쉴 곳을 찾아야 했다. 아이를 죽여 없앤다고 하면 모용청경도 몸을 추스를 시간이 필요할 터. 숨을 곳이 필요했다.

그녀는 서둘러 근처의 봉우리 쪽으로 내달렸다. 초목이 바짝 말라 몸을 숨기기에는 좋지 않지만, 그랬기에 오히려 상대의 허를 찌르는 은신처가 될 수 있었다.

산봉우리의 계곡과 계곡을 뛰어다니던 그녀의 눈에 동굴 하나가 눈에 들어왔다.

모용청경은 동굴 안으로 들어가며 주변을 살폈다. 이 주변은 전부 마교의 영역이니, 이 동굴도 그럴 가능성이 높았다.

조심스레 동굴 안을 탐색하며 들어가던 모용청경은 녹의를 입은 장년인의 시체를 발견했다.

'당가?!'

이곳에서 볼 거라고는 생각하지 못한 당가의 의복에 모용청경은 움찔했다.

이 사람도 마교에 붙들려 왔다가 여기에 숨어서 기회를 엿보고 있던 것일까?

모용청경은 죽은 시신을 살폈다.

무기에 당한 흔적은 물론 독의 반응도 보이지 않았다.

몸의 생기가 빠져나간 것으로 보아 굶어 죽은 것 같았다.

주변의 초목이 다 말라붙어 먹을 것을 구하지 못한 걸까?

시신은 무공을 익힌 흔적이 없었다. 그렇다면 정말 굶어 죽었을지도 모른다.

시신을 발견하고 나자 오히려 모용청경은 안심할 수 있었다.

무공을 익히지 않은 이가 굶어 죽을 때까지 이곳에 있었다는 건 여기가 정말 안전하다는 뜻이니까.

안도한 그녀는 안으로 들어가 주저앉았다. 벽에 등을 기댄 채, 곧장 들고 있던 검을 역수로 쥐어 자신의 아랫배를 푹 찔렀다.

망설임은 없었다.

그녀는 규중의 규수가 아니었다.

지금껏 그 가녀린 손으로 검을 휘둘러 수백의 목숨을 거두어 온 무림인이었다.

그런 그녀의 손끝에 태어나지도 않은 아이의 목숨을 끊는다는 죄책감 따위는 없었다.

"흐윽……!"

검 손잡이를 잡은 모용청경의 손이 부들부들 떨렸다.

뱃속을 휘젓는 섬뜩한 감각 때문이 아니었다.

아이가 뱃속에서 무참히 도륙당하는 감각 때문도 아니었다.

검이 들어가지 않았다.

모용청경의 검은 고작 한 마디의 피륙을 찔렀을 뿐, 더 이상은 들어가지 않았다.

마치 배 안에 단단한 갑옷이라도 입고 있는 것처럼.

"젠장!"

모용청경이 답지 않게 이를 악물며 욕설을 내뱉었다. 고운 얼굴은 사정없이 일그러져 있었다.

방금 자신의 몸 안에서 무슨 일이 일어났는지 모를 수가 없었다.

뱃속의 아이가 기를 둘러 자신의 검을 막아 낸 것이다.

기가 찼다. 아직 태어나지도 않은 아이가 내공을 운용하다니?! 물론 엄밀히 말하면 내공은 아니었다.

태아가 내뿜은 기운은 마기였다.

그것도 일반적인 마인들이 가진 마기와는 차원이 달랐다.

한때 마신의 마기를 받아들였던 몸이라 그런 걸까?

아니면 자신이 배고 있는 태아가 교주의 핏줄이라 그런 걸까?

확실한 건 이 검으로는 안 된다는 것이었다.

자신의 내공으로도 이 기운을 뚫고 태아를 죽이기에는 역부족이다.

'뭔가 방법이…….'

모용청경은 초조해졌다. 그 와중에 진통까지 시작됐다. 불길함이 엄습했다.

이대로 이 아이를 세상에 내어놓으면 무슨 일이 일어날지 장담할 수 없었다.

뱃속에서부터 온몸에 마기를 두른 아이다. 이 아이는 분명 재앙이 될 것이다.

그 순간, 모용청경은 홀린 듯이 동굴 안 쪽을 바라보았다. 그 안에서 어떤 소리가 들리는 것 같았다.

뱃가죽을 뚫다 만 검을 뽑아 지팡이 삼아 일어난 그녀는 서둘러 동굴 안으로 뛰어 들어갔다.

아까의 자해가 어떤 영향을 주었는지, 아래를 찢어버릴 것 같은 산통이 시작되었다.

태어나 버리면 더 손을 쓸 수 없을지도 모른다. 그 전에 해결해야 했다.

배를 부여잡고 일그러진 얼굴로 한 걸음 한 걸음 동굴 안으로 발을 내디딘 모용청경의 눈에, 시뻘건 철검 한 자루가 들어왔다.

언뜻 녹이라도 슨 건가 싶었지만 그 붉은빛은 절대 녹이 아니었다.

당장이라도 피가 뚝뚝 흘러내릴 것만 같은 불길한 기운의 검.

모용청경은 그 검이 가진 힘을 알아보았다.

저 검. 저 검이라면, 자신의 태아가 두른 마기의 벽을 깰 수 있으리라.

역시나 망설임은 길지 않았다. 모용청경은 이를 악물고 그 검에 다가간 후, 쥐고 있던 검을 버리고 시뻘건 검을 쥐었다.

그리고 자신이 갖고 있는 최대한의 내공을 불어넣었다.

그 순간 검은 마치 화산이 폭발하듯 검붉은 기운을 뿜어내기 시작했다.

"죽어라—!"

모용청경의 외침과 함께 검 끝이 그녀의 뱃가죽을 파고들었다.

푸욱—, 살갗이 찢어지는 소리와 함께 모용청경의 입에서 비명이 뛰쳐나왔다.

"크윽……!"

검이 태아가 만든 내공의 벽을 찢는 순간, 그 기파가 온몸으로 퍼지며 장기와 근육이 산산조각 났다.

혈도는 갈가리 찢어지고, 그 사이로 모용청경이 이십 년 넘게 모아온 내공들이 산산이 흩어지기 시작했다.

실수로 검이 태아를 찌른 것이 아니라 단전을 찌른 걸까?

그게 아니었다. 검은 정확히 태아를 꿰뚫었다.

그리고 모용청경은 느낄 수 있었다.

척 봐도 범상치 않던 이 시뻘건 검이 태아와 자신의 몸속에 있는 모든 기운을 흡수하고 있다는 것을.

'아, 안 돼……!'

근육과 뼈, 그리고 혈도 사이사이로 개미가 지나다니며 사정없이 물어뜯는 것 같은 끔찍한 감각 속에서도 모용청경은 검을 뽑으려 애를 썼다.

마기를 온몸에 두른 태아가 멀쩡히 태어나는 것보다 더욱 끔찍한 일이 벌어졌다는 사실을, 모용청경은 직감으로 알 수 있었다.

모용청경과 그 태아의 기를 흡수할수록 검의 기세는 더욱 거칠게 타올랐다. 모용청경의 손이 검의 손잡이에서 스르르 흘러내렸다. 몸도 축 늘어졌다. 이제는 모용청경이 검을 잡고 있는 것이 아니라, 배를 꿰뚫은 검이 모용청경의 몸을 지탱하고 있는 것처럼 보였다. 모든 기운을 빼앗겨 반송장이나 다름없는 상태가 된 그녀는 마신검이 기를 모조리 앗아갈 때까지 옴짝달싹하지 못했다.

그리고 마침내, 검이 뽑혀 나왔다. 그 누가 손을 쓴 것이 아니었다. 마치 누군가 이기어검을 선보이는 것처럼 검이 저절로 움직였다. 모용청경은 그대로 바닥에 풀썩 쓰러졌다. 숨은 쉬고 있었지만 극히 미약했다. 배의 상처에서는 시커먼 피가 흘러나와 옷자락을 적셨다.

중원의 기는 오랜만이군.

듣는 것만으로도 위압감이 느껴지는 목소리가 공동에 울려 퍼졌다.

마신의 말을 듣고 동굴 안의 심처에 숨어 피해 있던 마뇌와 마영이 몸을 드러냈다.

두 사람 모두 환희에 찬 얼굴과 경이로움 가득한 눈으로 눈앞의 마신검을 바라보았다.

드디어 마교의 백 년 숙원이 이뤄진 것이다.

"마신이시여……!"

"존귀하신 존재를 뵈옵니다!"

아까도 극도의 예를 올렸지만 지금은 더욱 공손했다.

지금까지 이 세상에 존재하지 않았던 극도로 순정한 마기가 타오르고 있었다.

이 세상 만물이 태어나기 전 음양의 기만 존재할 때 그 기운이 이런 느낌이었을까.

그래, 비로소 내가 이 땅에 현신했노라.

마신의 목소리는 아까보다 더욱 깊고 울림이 있었다. 여유로움도 느껴졌다.

아직 제단의 불을 올리는 등 처리해야 할 일이 몇 가지 남았지만, 가장 어려운 일을 해냈기에 그런 것쯤은 걱정스럽지 않았다.

"다시금 인사드립니다. 교의 총군사를 맡고 있는 마뇌이옵니다."

"소인은 교주의 눈과 귀, 그리고 앞으로는 마신님의 눈과 귀가 될 마영이라 합니다."

그들의 소개에 마신검은 만족스럽다는 듯이 웃음을 흘렸다.

잘 알고 있다. 너희들이 나를 위해서 어떤 노력을 해 왔는지도 알고 있지. 그런 너희에게 상을 내리도록 하마.

마신의 말이 끝나기 무섭게 벼락과 같은 마기가 두 사람의 몸에 내리쳤다.

이미 초절정의 무인인 마영은 눈을 부릅뜨고 움찔거리는 정도였지만, 호신용 무공만 익힌 마뇌에게는 머리가 쭈뼛서고 온몸이 불에 타오르는 것 같은 경험이었다.

막대한 마기가 온 혈도를 거칠게 휩쓸고 다니니 당연하다면 당연한 반응이었다.

마뇌가 엄청난 기의 파도에서 허우적대느라 정신이 없다면, 마영은 자신의 몸속에 스며든 이 엄청난 기의 성질에 놀랐다.

보통 타인의 몸에 내공을 불어넣을 때는 정제되고 농축된 내공을 사용한다.

그래야 탈이 없고, 주요 혈도를 힘 있게 뚫을 수 있으니까.

하지만 마신이 직접 불어넣은 마기는 전혀 달랐다.

정제되지도 농축되지도 않았다. 정제가 필요 없을 정도로 순수 그 자체요, 농축이 필요 없을 정도로 그 힘이 막강했다.

농축된 내공이 바늘처럼 혈도를 뚫는다면, 마신의 마기는 마치 대양에서 쏟아지는 바닷물과 같았다.

그 힘이며 마기의 양은 그 무엇과도 비교할 수 없었다.

마영은 눈을 부릅뜬 채로 마기가 온몸을 휩쓸며 자신의 몸을 한 단계 향상시키는 것을 똑똑히 느꼈다.

아무리 수련해도 손쉽게 닿을 수 없었던 경지, 그저 교의 일에 충실할 수 있는 수준이면 된다고 단념해야 했던 화경의 내공이 몸 안에 넘실거렸다.

십여 년을 매진해도 되지 않았던 그 경지를, 마신은 단한 번의 은혜만으로 그를 인도한 것이다.

'세상에, 이럴 수가……!'

부릅뜬 마영의 눈은 믿을 수 없다는 듯 떨리다가, 이내 찬찬히 가라앉았다.

그래, 이제는 믿을 수 있다. 그리고 자신은 바로 이것을 위해 평생을 교에 몸 바쳐 온 것이다.

"허억…… 헉……."

감격에 찬 마영과 달리 마뇌는 마치 마기로 벌모세수를 받은 것처럼 그 여파로 거친 숨을 몰아쉬었다.

막대한 기운이 온몸을 쑤시고 다니는 것이 느껴졌다.

몸 어딘가가 펑 터져 나가도 이상하지 않을 거 같은데, 마기가 혈도 또한 보호해서 그런 일은 없었다.

몸속에 쌓여 있던 탁기는 배출할 사이도 없이 마기가 태워 버렸다.

마뇌의 몸에 있는 구멍들에서는 보통 성인이 벌모세수를 받을 때 나오는 시커멓고 끈적한 것들 대신 검은 연기가 모락모락 피어올랐다.

마침내 마뇌의 몸에서 경련이 멈췄다.

마영은 심장이 두근두근 뛰었다.

마뇌는 호신용 무공과 아주 간단한 마공 외에는 익히지 않았다.

이미 기반이 되어 있는 마영이 초절정에서 순식간에 화

경, 그것도 현경을 노려볼 만한 마기를 얻었다면 과연 마뇌는 어떨까.

이윽고 마뇌가 천천히 눈을 떴다.

관자놀이는 불룩 튀어나왔고, 눈은 피 한 방울을 떨어트린 맑은 호수 같았다.

평생을 책상에서 공무를 보느라 굽은 등과 목은 시원스레 펴지고, 얼굴은 마치 젊음을 되찾은 것처럼 생기가 돌았다.

그리고 무엇보다 그의 몸에서 풍겨 나오는 마기! 아직 내공을 갈무리하는 법을 익히지 못한 마뇌라 마신이 준 힘이 그대로 드러났다.

마영은 감탄을 금치 못했다. 그저 기초 마공을 익혔을 뿐인 마뇌가 순식간에 절정의 경지에 도달한 것이다.

나의 선물이 마음이 드느냐.

"화, 황공하옵니다."

"진심으로 감사드립니다."

마영의 목소리는 기쁨으로 인해 가볍게 떨렸고, 마뇌는 자신에게 닥친 일을 믿을 수 없어 말을 더듬었다.

무공을 익히지 않았지만 자신의 몸 안에 들어찬 힘이 어느 정도 수준인지는 알 수 있었다.

그 사실이 가져다주는 감동에 마뇌의 눈에서 눈물이 주르륵 흘러내렸다.

마공을 익히기만 하면 마신이 교인의 힘이 되리라, 그 교리가 사실이었다는 것이 이제 이 세상에 드러났다……!

좋다, 그러면 이 중원에 나의 가르침을 설파하러
갈 시간이구나.

"예, 신이시여. 모든 준비를 마쳐 놓았습니다."

마신의 말에 마뇌는 정신을 차리고 다시 마교 총군사의 모습으로 돌아갔다.

"당장 모든 제단에 연락을 취하겠습니다. 마신께서는 그저 저희에게 그러셨듯이 신도들에게 상을 내리시기만 하면 됩니다. 그들의 검이 교에 반하는 자들의 목을 베어 올 것입니다!"

지금 나보고 네 명령을 따르라는 말이더냐?

자신이 구상한 계획을 소리 높여 말하던 마뇌가 움찔했다. 절정에 달한 몸으로도 순간 마신검이 내뿜은 기운을 감당하기는 어려웠다.

그는 다시 사시나무 떨듯 덜덜 떨며 입을 열었다.

"어, 어찌 소인이 감히…… 잘못했습니다. 용서해 주십시오!"

마영은 속으로 마뇌를 탓했다. 오랜 시간 교를 손아귀에서 좌지우지했다고 해서 마신까지 움직이려 들다니.

"신께서 원하시는 바가 있다면 말씀만 하십시오. 저희는 그에 따를 뿐입니다."

마영이 나서자 마뇌는 당황했다.

마영이 저렇게 기회를 노리는 자였던가?

일전에는 그저 맡겨진 바를 수행하기만 하는 존재였다.

하지만 사람의 태도는 언제나 달라질 수 있다.

눈앞에 마신과 같은 존재가 있다면 더더욱.

흐음…… 아니다. 그가 준비한 것들을 써먹어 보도록 하지. 어디 한번 네 마음대로 해 보거라.

"가, 감사합니다!"

마신의 변덕에 마영과 마뇌는 계속해서 심장이 철렁했다. 하지만 이를 내색할 수는 없었다.

신녀는 어찌할 텐가?

"제가 알아서 처리하겠습니다."

마신의 관심이 쓰러져 있는 신마신녀 모용청경에게로 향했다.

그녀는 사실상 죽은 시체나 다름없었다.

오랜 기간 독을 복용한 데다가 마신검으로 인해 온몸의 생기를 빼앗겼으니까.

마뇌는 당연히 모용청경을 죽여 정리하려고 했다.

그러나 마신에게선 의외의 목소리가 흘러나왔다.

아니, 살려 두어라.

"예?"

당황한 마뇌와 마영이었지만 마신은 변함이 없었다.

나를 위해 크나큰 희생을 한 신녀에게 그런 대우를 할 수는 없지. 몸을 회복할 수 있도록 극진한 대우를 해 주도록.

"아, 알겠습니다."

마뇌의 입에선 얼떨떨함이 묻어 나왔다.

하긴, 마뇌와 마영에게도 이만한 상을 내렸는데, 온몸을 바친 마신녀에게 목숨을 붙여 주는 정도는 별것도 아니긴 했다.

모용청경의 처리에 대한 얘기가 끝나자 마신검은 더더욱 붉게 타오르기 시작했다.

그 기세는 동굴 안은 물론, 화염산 전체로 번져 나갔다.

자아, 이제 불을 지피도록 하지. 온 중원에 말이 다.

그날, 화염산의 어둔 밤하늘 위로 산봉우리 끝의 봉화가 거칠게 타오르기 시작했다.

그 불은 너무나도 크고 밝아서 화염산 전체를 비추었다.

마치 타오르는 것 같은 그 산의 기운은 불길하기 짝이 없었다.

第五章
흑마적의 출몰

　화염산이 붉게 빛나고 마신이 세상에 그 힘을 드러낸 후에도 중원은 평화로웠다.

　무림맹은 마교의 움직임에 촉각을 곤두세우고 있었지만, 마교인들은 북해 빙궁의 근처에 자리를 잡은 채 쉽사리 남하할 생각을 하지 않았다.

　그래도 구파일방과 사대세가를 비롯해 무림맹의 일원들은 맹의 요청에 따라 혹시 모를 사태를 대비하고 있었다.

　그러나 사건은 전혀 의외의 곳에서 터지기 시작했다. 남궁혁의 친우인 매화전장의 은태림 또한 이 사건을 몸소 겪은 당사자였다.

그날 은태림은 평소와 같이 항주에 들렀다가, 금림상단의 상행에 동행해 화산으로 돌아가는 길이었다.

상당히 큰 행렬이었다. 상단의 짐마차가 서른 대에 표국의 화물 마차 다섯 대를 위탁받았고, 이외에 은태림처럼 화산으로 가고자 하는 사람들 서른 명이 끼어 총 이백 여명이 움직이는 상행이 되었다.

엄청난 규모지만 금림상단 같은 대 상단에서는 평소의 규모라고 할 수 있었다.

"하암, 지루하네."

은태림은 상단의 중간에 있는 짐마차 위에 털썩 앉아 늘어지게 하품을 했다.

새롭고 신기하고 진기한 것이 있을 때만 눈이 반짝이는 그한테 가도 가도 계속 산길만 이어지는 상행이 재밌을 리 만무했다.

그 또한 실력이 나쁘지 않은 무림인인 만큼 혼자 신법을 통해 가 버렸으면 됐으리라.

하지만 요새 상단이나 표물을 습격하는 이들이 많다는 말에 금림 상단주가 동행을 부탁한지라 어쩔 수가 없었다.

말이야 상단을 지켜 달라고 했지만 은태림이 혼자 다니는 게 걱정이 된다는 뜻이리라.

은태림만 한 후기지수가 혼자 다니는 게 염려가 될 정도로 요새의 중원은 분위기가 흉흉했다.

벌써 이 대로에서만 두 개의 상단과 표행이 전멸했다. 숨이 붙어 있는 사람 하나 없이, 물건은 하나도 남기지 않고 싹 털어 갔다.

오랜 가뭄과 관리들의 폭정으로 민심이 좋지 않아 여기저기서 민란과 폭동이 이는 상황이었다.

배고프고 분노에 찬 백성들이 상단이나 표행을 습격한 것일까?

그렇다고 하기엔 습격당한 상단과 표행은 일류 무사를 스물씩 거느리고 다니던 곳이다.

특히나 표행 쪽은 표두가 절정 무사였다. 그 또한 시체로 발견되었으니, 상단과 표국들이 얼마나 긴장을 하겠는가.

심지어 습격한 이들의 정체조차 쉽게 밝혀지지 않고 있었다.

발자국의 숫자로 봐서는 최소 백여 명이 습격을 가한 걸로 보였다.

하지만 그럴 만한 이들이 대체 누가 있는가.

사파는 세력이 줄어들어 남부에서 올라올 엄두를 내지 못하고 있고, 마교는 이미 중원에서 철수한 지 오래 아닌가.

큰 규모의 수채와 산채도 갈수록 견고해지는 정파의 결

속력에 힘을 잃고 쇠퇴한 지 오래였다.

게다가 도대체 출신을 알 수 없는 시체들의 상흔까지. 여러모로 오리무중에 빠진 것투성이였다.

누군가 이런 습격자들의 정체가 도적 떼로 변한 민란의 흔적이 아니겠느냐는 말을 꺼냈다. 설득력 있는 주장이었다.

습격자들의 숫자며, 검술이라고 부르기도 민망하고 그냥 칼질에 가까운 상흔, 유독 식량을 실은 행렬을 덮친다는 점 등이 그러한 주장을 뒷받침했다.

하지만 그 누구도 귀 기울여 듣지 않았다. 한 가지 이유 때문이었다.

폭도의 숫자가 아무리 많다 한들, 어떻게 오랜 시간 수련한 무림인을 이기겠는가.

일류 무사 한 명이면 가래와 호미를 든 평범한 농부 열을 동시에 상대해 제압할 수 있다.

게다가 표국이나 상단의 호위 무사들은 평범한 무림인들과 달리 집단전에 능숙한 이들이었다. 상행을 노릴 정도의 강도라면 결코 한두 명이 덤비는 게 아니니까.

때문에 상단이나 표국에서는 속가 출신 무도원 중에서도 유독 소림 속가 제자가 운영하는 무도원 출신이 인기가 좋다.

수박 겉핥기라도 집단전에 대해 배우고, 무공 자체가 집단전에 응용하기 좋은 게 많으니까.

그리고 이 근처에서 당한 표행이 바로 소림 무도원 출신의 표두가 이끄는 것이었다.

그랬기에 사람들의 충격은 더욱 컸다. 물론 충격이 컸다고 해도 그건 상단과 표행의 얘기였지, 무림맹을 비롯해 대문파에서는 이 일을 대수롭지 않게 생각했다.

구파와 사대세가가 직접 손대고 있는 상단과 표국은 원래 후기지수 수련의 일환으로 상행이나 표국을 따라다니도록 하고 있고, 행수나 표두가 속가 제자인 경우가 많아서 따라다니는 호위 무사의 실력이 월등히 높았다.

제아무리 간 큰 산적, 수적들도 그들의 깃발을 보면 포기하고 일치감치 물러나다 보니 실력을 선보일 일은 별로 없지만 건드리면 뼈도 못 추릴 집단인 것은 사실이다.

간단히 말해 본인들에게 해당 사항이 없는 일이니 별로 관심이 없었다.

금림상단은 조금 사정이 달랐다.

금화전장의 일이 알음알음 퍼지면서 금림상단을 은근히 배척하는 분위기가 생겼다.

금림상단 내의 호위 무사들은 좋은 대우에도 불구하고 하나둘 일을 그만두었다.

새로 사람을 구하는 일도 쉽지 않았다.

무림의 일인 데다 사후 처리에 공을 많이 들여 상단의 거래가 줄어들진 않았지만, 오히려 규모가 그대로라 곤란했다.

적은 호위 무사에 규모는 그대로인 대대적인 상행.

은태림에게 상행 합류를 권한 건 그를 걱정해서인 동시에 상단의 전력을 조금이나마 보강하고자 한 일인 셈이다. 역시 상인이라 계산이 빠르달까.

은태림은 금화전장의 일 이후 부쩍 얼굴이 나빠졌다가 이제 겨우 안색이 돌아오기 시작한 형님을 떠올렸다.

'그건 그렇다 쳐도, 수레가 너무 많은걸?'

좁은 산길에 들어서면서 행렬은 길게 늘어지기 시작했다.

금림상단의 무력이 줄어들었다고는 하지만 부자는 망해도 삼 년은 가는 법.

흉흉한 시절에 조금이라도 표물을 안전하게 옮기고 싶어 하는 표국들이 함께하면서 행렬이 거창해졌다.

만약 누군가 상행을 습격하고 큰 이득을 보고자 한다면 그냥 보내기 아까운 먹잇감이다.

뭉쳐 있을 때라면 이쪽의 머릿수 때문에 쉽게 덤빌 수 없겠지만, 지금처럼 산이 이어지고 행렬이 길어지면 호위 무사들의 눈이 닿지 않는 곳이 생긴다.

경비가 허술해지고 적이 쳐들어올 만한 빌미를 제공하는 것이다.

'……라고 천룡이 말했을 텐데.'

만약 옆에 팽천룡이 있었다면 말이다.

팽가의 무공을 익히기도 바쁠 텐데, 팽천룡은 군사를 운용하는 방법도 틈틈이 공부했다.

황실 금위군에 있는 친척이 많아서 관련된 정보나 서책, 조언을 쉽게 구할 수 있는 환경이라 그랬던 건지.

이렇게 혼자 다니다 보면 가끔 팽천룡의 한마디가 생각나곤 했다. 어릴 때부터 줄곧 같이 다니곤 했으니까.

"다들 요새 뭐 하고 있으려나. 보고 싶네."

팽천룡은 얼마 전 폐관을 깨고 나왔다는 서신을 보내왔다.

제대로 언급하진 않았지만 성과가 있었다는 말이 있는 걸로 보아, 눈부신 성취를 이룬 게 분명했다.

자기 일은 대수롭지 않게 생각하는 성격이니까.

남궁혁은 무림맹에서 병기당주 자리를 차지했다는 얘기를 들었다.

남궁혁에게 서신을 받기도 전에 이미 항주 전역에 그 얘기가 떠들썩해서 모를 수가 없었다.

남궁혁을 아끼는 개방의 장로 구걸이 온 항주를 뛰어다니며 남궁혁의 취임을 알린 탓이었다.

나태영은 남궁혁과 전혀 다른 방식으로 유명세를 탔다.

사실 남궁혁이 병기당주가 된 건 그렇게 이상한 일이 아니었다.

남궁장인가의 성장은 무림인이라면 누구나 다 아는 데다가, 장인 남궁혁의 유명세도 그러했다.

마교에 대항하기 위해 정파 무림맹이 조금씩 똘똘 뭉치는 상황에서 그가 병기당주가 되는 건 당연한 수순이라고 볼 수 있었다.

하지만 나태영은 조금 달랐다.

명문정파의 제자인데 갑자기 요리에 재능을 보여 황실 숙수로 들어갔다!

이 얘기는 여러모로 회자되기에 충분했다.

지금은 나태영의 친구들 외 몇몇 고위 인사들만 알고 있지만, 그가 마교의 암수에서 황제를 구했다는 사실이 알려지면 더더욱 유명세를 타리라.

"다들 나아가고 있는데 나만 머물러 있네."

은태림은 착잡한 얼굴로 자신의 검을 뽑아 손질했다.

다들 앞으로의 일전을 위해 노력하고 있다.

팽천룡은 자신의 실력을 더욱 고강히 했고, 남궁혁은 무슨 그림을 그리는 것인지 그가 가장 잘하는 '운영'을 위해 무림맹에 합류했다.

나태영은 황실에서 마교의 그림자를 계속해서 추적해 나가고 있다.

은태림만 하는 일이 없었다.

물론 은태림은 그들과 상황이 달랐다.

그는 원래부터 이 중원 무림에서 지원의 역할을 하는 매화전장의 후계자였다.

하지만 마교와의 접전이 본격화되면 사실상 할 일이 많지 않은 것도 사실이다.

장기전이 아닌 이상에야, 무림과 관련된 각 전장들은 적대 세력에 금을 갈취당하지 않게 수성과 후방 지원에만 신경 쓰면 된다.

그것도 충분히 큰 역할이다. 하지만 이 젊은 후기지수에게는 성이 안 찼다.

주변의 친구들이 갈수록 더 큰 역할을 찾아 성장하는 것을 몸으로 느낄수록 그랬다.

'뭐가 없을까? 앞으로 있을 국면에 내가 한몫을 할 만한 일이…… 응?'

자신의 역할을 고민하며 검면을 닦고 있던 은태림이 그 자리에서 높이 훌쩍 뛰었다.

파파팍—!

은태림이 앉아 있던 자리로 수십 개의 화살이 날아와 꽂혔다.

짐마차는 순식간에 고슴도치가 되었다.

그리고 화살과 함께 수백에 달하는 흑의인들이 검을 꼬나 쥐고 숲 속에서 우르르 뛰쳐나왔다.

"습격이다!"

"대열을 갖춰라!"

은태림은 깜짝 놀랐다. 어떻게 이렇게 많은 자들이 감각에 걸리지 않고 숨어 있었던 거지?!

당황은 잠시였다. 은태림은 그대로 흑의인들을 향해 뛰어들며 검을 날렸다.

매화전장의 후계자는 대대로 화산에서 검을 수련한다.

이름은 속가 제자지만 실제로는 직전 제자 못지않은 무공을 전수받는다.

게다가 어릴 때부터 팽천룡과 줄곧 협행을 다녔기에 실전에도 익숙했다.

은태림의 검에 흑의인들은 하나둘 쓰러져 갔다. 전혀 검을 쓸 줄 모르는 자들이었다.

기척이 잘 느껴지지 않아서 조금 신경 쓰이긴 했지만 눈먼 검에 생채기라도 날 은태림이 아니었다.

숫자가 수백 명에 다다르긴 했지만, 호위 무사들은 물론 검을 약간 익힌 상단 사람들도 능히 대항할 수 있는 수준이었다.

이들이 정말 일류 고수들을 전멸시켜 버린 그 집단이 맞나?

은태림이 눈을 찌푸리며 상대하는 자들의 면면을 유심히 살폈다.

얼굴은 온통 시커먼 천으로 감고 있어서 확인할 수 없었지만, 굽은 등이며 작고 단단한 체구는 밭이나 논에서 볼 수 있는 농부의 몸이었다.

검을 휘두르는 것도 검보다는 농기구를 휘두른다면 딱 맞을 자세였다.

'진짜 농민들이 상단을 습격한 거야?'

적이 상대가 되질 않으니 생각할 여유도 넘쳤다.

하지만 그들이 가까이 다가올 때까지 은태림이 기척을 눈치채지 못했다는 사실이 그를 영 찜찜하게 만들었다.

지금도 언덕 위에서 개미 떼가 몰려오듯이 적들이 뛰어내리고 있었는데, 은태림의 기감은 그들을 전혀 감지하지 못하고 있었다.

"고작 이 정도 실력으로 우리 금림상단을 습격한 것이냐! 가소로운 것들!"

상행을 이끄는 대행수가 고래고래 소리를 지르며 그의 태도를 휘둘러 댔다.

주변의 쑥덕거림에도 끝까지 금림상단에 대한 의리를 지킨 절정고수로, 상계에는 어두웠지만 흥정이 필요 없는 대규모 상행은 믿고 맡길 수 있는 인재였다.

그런 사람이 순식간에 수십의 검에 둘러싸여 단말마를 내질렀다.

"대행수!"

은태림은 놀라 눈을 부릅뜨고 대행수가 있는 곳으로 신형을 날렸다.

이들을 이끄는 고수가 대행수를 상대한 것일까?

하지만 은태림을 기다리고 있는 건 아까 은태림이 열심히 팔다리를 베어 냈던, 농민이 아닐까 추측했던 그들뿐이었다.

물론 아까와는 조금 달랐다.

그들의 검에서 아까까지는 볼 수 없었던 마기가 미친 듯이 뿜어지고 있다는 사실이 말이다.

심지어 한둘이 아니었다.

수백 명.

계속해서 언덕에서 떨어지는 흑의인 모두가 무시무시한 마기를 흩뿌리며 검을 휘두르기 시작했다.

"으악—!"

"크어억⋯⋯!"

숫자의 열세에도 불구하고 우세하게 흑의인들을 밀어붙였던 호위 무사들은 하나둘 피를 뿌리며 쓰러졌다.

흑의인들의 검은 서툴렀지만 검에서 뿜어지는 마기, 즉 검기를 무시하기란 쉽지 않은 일이었다. 한 명을 수십 명이 상대한다면 더더욱.

은태림은 사방에서 날아오는 검을 쳐 내느라 정신이 없었다. 숨을 고를 시간도, 아까처럼 생각을 할 여유도 거의 없었다.

수십 명이 은태림을 둘러싸는 바람에 검을 휘두를 여유 간격조차 확보할 수 없었다.

"제기랄!"

은태림은 있는 대로 검기를 뿌리며 마치 그물처럼 감싼 흑의인들에게서 벗어나려 했지만 그조차도 쉽지 않았다.

미처 신경을 못 쓴 사이 머리카락이 조금 잘려 나가자 지금까지 한 번도 상상하지 못했던 죽음이 머릿속에 스쳤다.

이런 데서 죽다니, 그럴 순 없었다. 뛰어난 무인과 일대일로 겨룬 후 쓰러지는 그런 멋진 결말은 아닐지라도, 최소한 지금까지 있었던 상단 습격의 배후에 마교가 있는 것 같다는 진실은 전하고 죽어야 억울하지 않을 것 같았다.

여기서 전멸당하면 이자들은 또 무슨 수를 써서 마기를 지우고 유유히 사라질 것이다.

이런 자들이 있다는 것, 그리고 아마 이 수 백 명이 전부가 아닐 거라는 건 전해야 했다.

기합과 함께 은태림이 전심전력을 다해 검을 휘두르기 시작했다.

다행인 점은 흑의인들이 마기의 운용에 그리 능숙하지 못하다는 사실이었다.

은태림이 내공을 아끼지 않고 내뿜으면 그에 맞춰 대응을 해야 할 텐데, 흑의인들은 그러지 못하고 허둥지둥했다.

이미 반항하는 자들을 다 죽이고 물건을 털기 시작하던 놈들도 은태림이 아직 정리되지 않았다는 걸 깨닫고 달려오다가 우왕좌왕 대열이 섞였다.

죽기 전 발악을 한 셈인데 오히려 성공적이었다. 그대로 은태림은 흑의인들의 머리와 머리를 밟으면서 죽도록 뛰었다.

자신의 신법이 남다른 수준이라는 사실이 얼마나 다행인지!

신법과 경공술이라면 화산 장문제자에게도 지지 않을 자신이 있는 은태림이었다.

화사한 외모가 망가지든 말든, 그는 이를 악물었다.

가파른 절벽과 나뭇가지를 밟으며 하늘로 날아오르다시피 하는 그의 경공술은 박수가 절로 나올 지경이었지만 지금 그에게 박수를 쳐 줄 사람은 없었다.

그게 아쉽다는 생각이 들지 않는 건, 박수를 치는 대신 은태림을 향해 검을 활처럼 날리는 사람이 수백 명이기 때문이었다.

"으윽—!"

마기를 담아서 날리는 검이다 보니 그가 경공술을 펼치는 높이까지 날아왔다.

정확하지는 않았다. 은태림을 노리고 날렸으나 애초에 무공을 연마한 이들이 아니니 검들은 은태림의 주변을 빽빽하게 메울 뿐, 제대로 은태림을 위협한 건 몇 자루 되지 않았다.

하지만 그게 더 골치 아팠다. 은태림이 발을 딛고자 하는 곳마다 검들이 날아다녔다.

은태림의 경공술이 아무리 뛰어나다고 한들 허공답보를 할 수 있는 수준은 아니었기에, 자칫하면 발 디딜 곳을 찾지 못해 적들의 수중에 떨어질 상황.

"에라이—!"

은태림은 이를 악물었다. 그리고 자신을 향해 날아오는 검들의 검면을 밟고 공중으로 몸을 날리기 시작했다.

미친 짓이었다. 검에는 아직 마기가 서려 있었고, 아무리 내공으로 발을 보호한다고 해도 그 충격이 쉽게 가시지 않았다.

발 뼈가 조금씩 으스러지는 소리가 났지만, 은태림은 쏟아지는 검을 밟고 밟아서 겨우 산등성이 하나를 넘었다. 뒤에서 쫓아오던 소리도 잦아들었다.

은태림은 바닥에 주저앉아 숨을 골랐다.

그 잠시간에 내공은 바닥이 났고 몸 상태도 좋지 않았다.

발등 쪽 뼈 하나가 부러진 느낌이 났다. 빨리 치료받지 않으면 원 상태로 회복하기는 점점 힘들어지리라.

그런데 이상하게도 의지는 활활 불타올랐다.

발을 회복하지 못하는 한이 있더라도 곧바로 무림맹 지부로 달려가야 한다는 생각만이 그의 머릿속을 가득 채웠다.

매화전장의 귀공자로 태어나 부족함 없이 살았던, 허나 매사에 무료해하고 온갖 신기하고 진기한 것만을 찾아다니던 그에게 필요했던 것은 바로 이런 목숨을 바칠 만한 상황이 아니었을까.

은태림은 다시 일어났다. 다행히 뒤에서는 더 쫓아오는 소리가 들리지 않았다.

기척이 없는 놈들이긴 하지만 수백 명이 산속을 오가면

풀잎 밟는 소리라도 나니까.

다친 발로 달리면 느리긴 하겠지만 무림맹에 말을 전하는 데는 문제없을 것이다.

뭔가 자신의 앞길을 막는 게 없다면……

"제기랄."

은태림은 욕설을 내뱉으며 이를 갈았다.

그가 달려온 방향, 그러니까 흑의인들이 있는 곳과 반대 방향에서 또다시 다른 자들이 하나둘 모습을 드러내고 있었다.

그 숫자는 역시나 수백 명. 산비탈 아래를 검게 수놓은 그 모습에 은태림은 할 말을 잃었다.

첩첩산중. 그 말은 딱 이런 상황에 쓰는 것이리라.

이럴 줄 알았으면 뺀질대면서 놀러 다니지 말고, 팽천룡이 수련할 때 옆에서 같이 수련할걸.

매화전장 장주가 될 사람 무공이 이 정도면 됐지 하고 자만하지 말걸.

은태림은 검을 꽉 쥐었다. 흑의인들이 또다시 은태림에게 다가오기 시작했다.

대열 같은 건 애초에 없었다는 듯 무시하고, 그들은 오로지 은태림의 비단옷과 척 봐도 값비싸 보이는 검에만 눈길을 주고 있었다.

이들마저 아까처럼 갑자기 절정 급의 실력을 선보인다면……

자신은 아마 이 자리에서 죽게 될 것이다.

그렇게 생각하자 오히려 마음이 가벼워졌다.

무림맹에 진실을 전하지 못한다면 이 자리에서 하나라도 더 베고 죽지 뭐.

"간다—!"

은태림의 발이 지면을 박찼다. 아까 도망치기에 급급했던 경공술과는 조금 다른 성격의 도약이었다.

좀 전에 흑의인들을 상대했을 때, 은태림은 고전했다.

넓은 여유 간격을 기반으로 한 치고 빠지기, 부드럽고 자연스러운 연검과 쾌검이 그의 주특기.

아까처럼 밀집된 대형을 상대할 때는 파괴력이 있는 중검과 그에 걸맞은 검술이 적합했다.

은태림이 힘을 발휘할 수 있는 무대는 아니었다.

그래서 이번엔 먼저 뛰어들었다.

놈들이 빽빽하게 밀집하기 전, 자신이 대형을 흔들고 최대한 놈들을 벨 수 있도록.

화산에서 수련을 마치고 내려왔을 때 장문인이 특별히 선물한 은매검이 유성처럼 빛나며 흑의인들의 사이사이를 헤집고 다녔다.

여인으로 착각할 만큼 어여쁜 얼굴은 흑의인들의 피로 물들었다.

아까보다는 싸울 만했다.

이미 한 번 싸워 봤기에 그들이 어떻게 싸우는지 파악한 상태였기 때문이다.

들고 있는 것이 검이요, 기척이 없고 마기를 내뿜고 있긴 하지만 근본적으로 그들은 검을 쥔 적이 없는 자들이다.

검을 휘두르는 것도 곡괭이질, 쟁이질 같은 단순한 동작에 가까웠다.

뭉치면 무섭지만 흩트리면 그리 상대하기 어려운 것도 아니다.

그렇게 은태림은 하나둘, 셋…… 손가락으로 세기 힘든 수준까지 상대들을 베어 나갔다.

무림인이 아닌 걸 알았으니 대처 방법도 조금 달라졌다.

사지 중 하나만 못 움직이게 하면 된다.

무림인처럼 균형 수련을 받은 것이 아니다 보니 팔다리에 깊은 상처 하나만 입어도 적은 순식간에 무력화되었다.

그런 상대가 수 백 명을 넘어서, 아까 은태림이 따돌렸던 이들까지 규합해 도합 천 명이 넘어가는 게 문제였지만.

"허억…… 허억…….."

가쁜 숨을 내쉬며 돌아봐도 쓰러트린 이보다 발 딛고 서 있는 적의 숫자가 더 많았다.

사방의 언덕 구석구석까지 보이는 게 온통 적의 흑의뿐이라 은태림은 현기증이 날 것 같았다.

이 수많은 적들 사이에서 반 시진 넘게 살아 있는 은태림이 더 용했다.

하지만 그것도 이제 한계였다. 내공은 바닥났고, 온몸은 물 먹은 솜처럼 무거웠다.

부러진 발 뼈는 점점 더 악화되어 지면에 발을 딛는 것만으로도 허리까지 통증이 밀려왔다.

놈들이 빽빽하게 밀어닥치면 죽음이라는 것을 알기에 근처에 다가오지 못하게 견제를 하는 것이 전부였다.

그마저도 점점 검의 속도가 느려져 하나둘 앞으로 나오는 놈들이 있었다. 이젠 정말 끝이었다.

"적들을 물리쳐라!"

"한 명당 서른 명은 베어 넘겨야 한다! 가자!"

그때, 은태림이 도망쳐 왔던 방향에서 엄청난 고함 소리와 함께 소란이 일기 시작했다.

흑의인들이 우왕좌왕하는 것이 느껴졌다.

흰 무복을 입은 사내들이 흑의인들 사이에 한 명씩 치고 들어와 적을 상대하기 시작했다.

그중 한 명은 그야말로 엄청난 기세로 적을 베며 일점돌

파를 하고 있었다.

그가 들고 있는 병기로 바람을 일으킬 때마다 한 번에 수십 명이 휘말렸고, 바람은 순식간에 피바람이 되어 태풍과 같은 기세로 주변을 덮쳤다.

다른 무사들 없이 그 한 명으로도 이 자리에 있는 흑의인 천 명을 모두 제압할 수 있을 것 같았다.

그리고 마침내, 그가 은태림의 앞에 도착했다.

"태림, 괜찮나."

"천룡!"

은태림이 반가움과 놀라움, 그리고 얼떨떨함이 뒤섞여 있는 목소리로 부른 사람은 바로 팽가의 소가주 팽천룡이었다.

대체 그가 여길 어떻게?!

"일단 자세한 얘기는 이걸 다 처리한 후에 하지. 쉬어라."

팽천룡은 그렇게 말하고 자신의 뒤를 따라온 두 사람에게 은태림의 신변을 맡겼다.

은태림은 어쩐지 김이 좀 샜다.

기껏 장렬하게 목숨을 바칠 각오로 싸웠는데, 이렇게 도움을 받다니.

물론 목숨을 구원받은 거야 기쁜 일이지만, 형언할 수 없는 허탈함도 분명 있었다.

특히 눈앞에서 활약하는 팽천룡의 고강한 무위를 보자니…….

"짜식, 뭘 그럭저럭 성과가 있었다는 거야?"

은태림은 볼멘소리를 가득 담아 투덜거렸다.

지금 눈앞의 팽천룡은 고작 '그럭저럭 성과'를 거둔 정도가 아니었다.

뒤따라온 오십의 무사들이 무색하게도, 팽천룡은 천 명의 흑의인을 단신으로 상대하고 있었다.

그 천여 명이 전부 절정 급의 마기를 내뿜고 있는 데도!

이처럼 강대한 위용을, 은태림은 딱 한 번 본 적 있었다.

과거 화산에 있을 시절, 화산의 높은 어르신의 검무를 봤을 때였다.

현 장문인의 사숙 뻘 되는 초혜선사. 그분은 은태림에게는 까마득한 배분의 어르신이었다.

장문제자조차 거의 뵌 적 없다는 그분을 은태림은 매화전장의 소장주라는 자격으로 종종 뵈었다.

은태림의 할아버지가 화산의 속가제자로 수련하던 시절 초혜선사가 지도를 맡았던 인연 덕분이었다.

그래 봤자 하는 일이라곤 얼굴 뵙고 요새 매화전장은 어떤지, 세간에 어떤 풍문이 도는지 등을 조잘조잘 얘기하는, 나이든 조부께 손자가 찾아가 애교를 부리는 것이나 다름없었다.

그래도 딱 한 번, 초혜선사가 은태림에게 실력을 보자며 검을 뽑은 적이 있었다.

그때 은태림은 초혜선사 앞에서 일 합도 제대로 휘두르지 못하고 기세에 말려 패했다.

황망해하는 그를 위해 초혜선사는 미안하다며 검무를 춰 보였는데, 내공도 담지 않은 그 검은 화산이 가진 웅장함마저 빛이 바랠 정도로 위압감이 넘쳤다.

초목이 그의 의지대로 춤을 췄고 바람이 선사의 칼이 되어 너울졌다.

지는 태양마저 다시 건져 올릴 수 있을 것 같은, 거부할 수 없는 힘이었다. 그때 초혜선사의 경지가 바로 현경이었다.

"망할 놈. 아무리 수련에 몰두해 몇 년이나 폐관을 했다지만, 그게 그렇게 쉽게 도달할 수 있는 경지던가?"

은태림은 혀를 찼다. 동시에 언젠가 남궁혁이 팽천룡에게 했던 말이 떠올랐다.

"넌 최고의 무인이 되지. 정도 무림 안에서는."

그때는 웃어넘겼지만 지금은 웃을 수 없었다.

서른도 안 된 나이에 현경의 실력자라니.

이대로 나이가 마흔쯤 되면 정말 천하 제일인이 된다고 해도 이상하지 않았다.

생각해 보면 남궁혁의 그 말은 꽤 잘 맞았다.

그때 나태영에게도 황실 숙수가 된다고 예언했는데, 진짜로 그렇게 되지 않았던가.

'잠깐만, 나한텐 뭐라고 했더라?'

은태림은 그때의 기억을 떠올려 보았다.

눈앞의 상황은 팽천룡이 거의 다 정리해 갔기에 걱정도 안 됐다.

친우 세 사람의 미래를 놓고 예언을 할 때, 남궁혁은 은태림의 순서에서 조금 머뭇거리다가 유창하게 그의 미래를 늘어놓았다.

"매은각의 각주라고 했던가."

즉석에서 지어냈다고 하기엔 꽤 그럴싸한 이름이었다.

마치 진짜로 미래를 보고 얘기한 것 같아서 은태림도 여태껏 그 이름을 기억하고 있었다.

매은각, 은밀한 것을 파는 곳.

남궁혁은 각지의 진기하고 귀한 것, 그리고 흥미진진한 소문을 좋아하는 은태림이 장차 정보 단체의 수장이 될 거라고 말했다. 표면적으로는 매화전장의 장주 일을 하면서.

그 사실을 떠올리자 은태림의 입가에 옅은 미소가 번졌다.

어쩐지 앞으로 있을 큰일에서 자신이 할 수 있는 일을 찾은 것 같았다. 헛되이 초개처럼 목숨을 버리는 일 말고 말이다.

"은 소협, 무슨 말씀이신지? 괜찮으십니까?"

"아, 아닙니다."

팽천룡이 은태림의 신변을 맡긴 무사 중 하나가 은태림의 중얼거림에 답하자 은태림은 대충 얼버무렸다.

그러고 보니 그 무사는 은태림도 익히 아는, 팽가의 무인이었다.

팽천룡을 따라온 이들 전부 팽가의 옷을 입은 걸로 보아, 이들은 팽천룡 휘하의 직속 무력 부대인 태천대였다.

"대체 어떻게 된 겁니까? 어떻게 태천대가 저를 찾아온 거죠?"

은태림의 물음에 태천대주가 입을 열었다.

"저희는 소가주님을 따라 이동하던 중이었습니다만, 중간에 들른 항주에서 무림맹 항주 지부의 부탁을 받았습니다. 항주 근처에 흑마적들이 나타났다는 보고가 들어왔는데 마침 금림상단의 상행이 출발했다고요. 그들이 노려질 가능성이 높으니 도와주라고 해서 부리나케 달려왔습니다만, 은 소협의 목숨만 겨우 건졌군요."

"흑마적?"

처음 들어 보는 이름이었다. 은태림이 눈을 동그랗게 뜨자 태천대주가 설명을 이어 갔다.

"무림맹에서 그들에게 붙인 이름입니다. 영문은 모르겠지만 중원 전역에서 마기를 뿜어내는 자들의 민란이 이어지고 있답니다. 맹에서도 이 사실을 알게 된 지 얼마 안 돼서 급하게 여기저기 비상 연락을 돌리는 중이라 아마 은 소협도 모르셨을 겁니다. 항주지부가 연락을 받은 것도 반 시진 전이라고 하니까요."

"세상에……."

은태림은 혀를 내둘렀다. 무림맹이 따로 이름을 명명할 정도라면 그 규모가 무시할 수준이 못 된다는 얘기였다. 게다가 중원 전역이라니?

"설마 저 정도 마기를 뿜어내는 자들이 만 명이 넘는다는 겁니까?"

여기에 있는 천여 명의 흑마적으로도 은태림은 충분히 기가 질다.

그런데 중원 전역에 이런 자들이 들끓고 있다니.

전역이라 했으니 각 지역에 이런 일이 있다는 말이다. 각 성마다 천여 명 씩 생각한다면 최소 만 명이었다.

하지만 정파의 무력도 만만치 않다.

구파일방과 사대세가, 거기에 중소 문파까지 합치면 대략 삼만 명 정도의 무력.

절반만 결집해도 흑마적을 처리하는 데 큰 문제가 없었다.

하지만 태천대주의 입에서 나온 숫자는 은태림을 경악시키기에 충분했다.

"이십만이랍니다. 맹에서 추산하기로는."

"이십마안—?!"

은태림은 뜨악한 표정을 지었다. 지금 자기가 두 귀로 무슨 말을 들은 것인가.

이십만이라니. 그건 황실에서 대대적으로 전쟁을 벌일 때나 입에 오르내리는 숫자지, 결단코 무림의 전쟁에서 들을 수 있는 숫자가 아니었다.

"뭘 잘못 들으신 거 아닙니까? 이만도 아니고 이십만이요?"

"이십만이 맞습니다. 맹에서는 그게 최저로 계산한 숫자라고 합니다. 지금도 중원 여기저기서 계속 모습을 드러내고 있어 총 규모가 얼마나 될지는 맹에서도 가늠을 못하고 있답니다."

이어지는 설명에 은태림은 현기증을 느꼈다.

무림맹 비무 대회에서 마교의 준동을 겪은 데다가 금화 전장의 일은 본인과도 밀접하게 관련되었기에 마교와의 일전은 언제나 머릿속에 그리고 있던 일이었다.

하지만 그건 정파 무림과 마교의 고수 수천이 한 곳에서 맞붙는 동시에, 각기 최강의 고수들을 내보내 일기토를 벌임으로써 승부가 나는 그림이었다.

실제로도 지금까지 있었던 정마전쟁과 정사전쟁은 그런 양상으로 흘러갔다.

그러니 이런 대국적인 전쟁은 조금도 상상하지 못했을 수밖에.

"그 때문에 맹에서는 관과 협조하려고 하는 모양이다."

어느새 진압을 마친 팽천룡이 도를 갈무리하고 이쪽으로 걸어오고 있었다.

은태림은 침을 꿀꺽 삼켰다. 그 수많은 사람들이 전부 땅에 누워 있었다.

피비린내가 거의 풍기지 않는 걸로 봐서는 기절시키는 데 주력한 모양이었다.

태천대는 기절한 자들 사이를 뛰어다니며 열심히 혈을 제압하고 있었다.

상당수는 도망친 것 같지만 팽천룡은 신경 쓰지 않았다.

잔챙이들이다. 그들까지 일일이 잡아 봤자 헛수고였다.

"수고했어. 네가 오는 줄 알았으면 이 악물고 싸우지 않는 건데."

"말은."

"그나저나 내막을 캘 포로치고는 숫자가 너무 많지 않아?"

팽천룡의 뒤로는 기절한 흑의인들이 가을 볏단 쌓이듯 차곡차곡 쌓이고 있었다.

솔직히 은태림은 그들을 용서하고 싶지 않았다.

아무리 정파라지만 은원은 확실한 법이다. 아까 은태림은 자신이 어릴 때부터 보고 자랐던 금림상단의 대행수와 무인, 하인들을 여럿 잃었다.

그들 중 한 명도 제대로 지키지 못한 자신에게 화가 나는 동시에, 저들을 처단해 그들의 원혼을 위로하고 싶다는 생각이 가득했다.

마기를 내뿜는 거 보면 마교 아닌가.

금화전장의 일 당시 마교로 인해 마음에 상처를 입었던 은태림은 마교에 대해서라면 유독 날선 반응을 보였다.

"진정해라. 맹의 지시다."

"하지만……."

"정확히는 혁이가 보낸 조언이라고 해 두지."

"혁이가?"

뜬금없이 남궁혁의 이름이 뛰어나왔다.

무림맹의 지시라고 하면 그래도 이해가 가는데, 남궁혁이 왜?

『아무래도 혁이의 귀에 들어오는 소식이 맹보다 더 빠른 모양이다. 애초에 우리가 출발한 것도 혁이가 부탁해서였으니까. 자기한테 들어오는 정보로 보아 정세가 이상하게 돌아갈 것 같으니, 일단 무림맹으로 와 주지 않겠냐고 말이다. 오는 길에 수상쩍은 흑의인들이 있다면 우선 전부 포로로 잡아 달라고 하더군. 맹에서는 배후를 캐야 하니까 몇 명 포로로 잡아 달라고 요청했을 뿐이다.』

『망할 놈. 나한테는 얘기 안 해주고 너한테만 얘기했다고?』

은태림은 전음을 날리면서 입술을 삐죽삐죽 내밀었다.

왜 남궁혁이 자기의 무력 부대를 운용할 수 있는 팽천룡에게만 연락해 와 달라고 했는지 이해는 갔다.

은태림은 항주에서 열심히 주판이나 두드리고 있었으니까.

은태림이 항주를 떠나 이동할 일이 있다는 걸 알았다면 남궁혁도 경고 차원에서 은태림에게 상황을 알려 줬으리라.

『나한테도 전부 알려 준 건 아니다. 자세한 건 기밀이니 와서 들으라고 하더군. 다만 이들을 해쳤다간 이십만이 삼십만, 백만까지 불어날 수 있다고 경고했을 뿐이다.』

은태림은 뜨악한 표정을 지었다. 아마 살면서 겪을 수 있는 당황과 경악은 오늘 하루에 다 겪는 듯했다.

"그렇다면야 뭐…… 그러면 저 엄청난 사람들은 어쩔 거야?"

"일단 항주 지부에 맡길 생각이다. 그리고 관에도 요청해 가둬 둬야지."

"관아의 곡식이 다 털리게 생겼군."

은태림은 수북이 쌓여 가는 흑의인들을 보며 중얼거렸다. 감옥에 가두면 밥을 줘야 하는 법이니까.

맹의 지시였다고 해도 불만이 가득했을 은태림은 남궁혁의 부탁이라는 얘기에 고개를 끄덕였다.

금화전장의 일을 해결할 때도 그랬다.

분명 상식적으로 잘 맞지 않는 행동을 하는 것 같은데 남궁혁은 늘 뭔가를 알고 있다는 듯 확신을 가지고 움직였고, 결론적으로 그게 맞았다.

친구들의 미래를 예언한 것도 벌써 세 개 중 하나는 정확히 맞아 떨어졌고, 하나는 확실시되고 있다.

남궁혁의 입에서 나온 것들은 누구나 허황되다며 웃어넘길 만한 예언이었다.

그러나 그게 눈앞에서 현실이 되어 가고 있었다. 그러니 남궁혁을 신뢰하게 될 수밖에.

이윽고 항주 지부의 무인들이 뒤늦게 쫓아왔고, 은태림과 팽천룡은 그들이 기절한 흑의인들을 나르는 것을 확인한 후 다시 무림맹을 향해 움직이기 시작했다.

＊　　　＊　　　＊

금림상단 습격 이후 흑마적이 중원 여기저기서 들끓기 시작한지 오 일째.

매일같이 쏟아져 들어오는 급보에 무림맹은 하루가 멀다 하고 수뇌부 회의를 열어야 했다.

맹주 대리인 남궁현암이 상석에 앉았고, 그 옆에 제갈민이 큰 중원 전도를 펼쳐 놓고 현 상황을 설명하고 있었다.

"급하게 각 문파와 세가에 연락을 취한 결과, 갑자기 나타난 흑마적들은 그분들께서 와해해 주고 계십니다. 그나마 구파일방과 사대세가가 위치한 지역들은 빠른 대처가 가능했지만, 호남과 강서 지역은 아직도 그 불이 꺼지지 않고 있다고 합니다. 처음에는 상단이나 표국만 노리던 집단이라 마교와 관련이 있을 거라고는 미처 생각을 못했던 지라—"

"이보시오, 제갈 군사."

당황이 가시지 않은 기색으로 열심히 현 상황에 대해 늘어놓던 제갈민이 멈칫하며 입을 다물었다.

무림맹의 무력부대중 하나인 천산기갑마대의 대주, 황보명원이었다.

"그간 군사가 이끄는 정보 부대에서 파악하기로 마교의 전력은 고작 천 명 남짓 아니었소? 대체 어디서 이십만이라는 숫자가 마기를 뿌리며 나타난 거요? 며칠 째 그 부분에 대해서는 언급조차 않고 있지 않소!"

황보명원은 호랑이 같은 기세로 불을 뿜으며 제갈민을 탓했다. 그는 총군사 제갈민에게 충분히 큰소리를 칠 수 있는 사람이었다.

황보세가는 지리적으로 황실과 가까운 편이라 팽가와 마찬가지로 금위군에 대대로 인연이 있었다.

무림에서는 그리 주도적인 세력이 아니었으나, 황실 기갑대의 비술을 배워 와 키워 낸 천산기갑마대 등은 널리 정평이 나 있었다.

그런 천산기갑마대가 왜 무림맹의 산하에 있게 되었느냐 하면, 현재 병을 핑계로 일선에서 물러나 있는 무림맹주 도맹건 때문이었다.

당시 마교와의 일전이 닥쳤다며 도맹건이 서둘러 황보세가에 천산기갑마대를 요청한 것이다.

황보세가는 평소 무림맹에 무인들을 제공하지 않는 대신

유사시에 기갑마대를 차출하도록 이야기가 되어 있기에 가능한 일이었다.

그런데 그런 기갑마대가 무림맹에 와서 하릴없이 허송세월만 보낸 데다가 자신들을 불렀던 도맹건은 사실상 실각한 상태. 불만이 가득할 수밖에 없었다.

그것만이었다면 큰소리를 치기 어려웠겠지만, 마침 기갑마대가 가장 큰 활약을 선보일 수 있는 흑마적이라는 적이 나타나 주었다.

실제로도 천산기갑마대는 지난 오 일간 무림맹 주변의 흑마적 삼천을 격파한 공을 세우기도 했다.

그리고 제갈민은 황보명원의 타박에 아무런 대답도 하지 못하고 입을 다물었다.

그도 죽을 맛이었다. 정말 아무것도 몰랐다. 흑마적들은 마치 땅에서 솟기라도 한 듯 나타났다.

무림맹도 제갈세가도 이를 감지하지 못했다. 아직도 그들의 정체가 뭔지 확실히 알지 못하고 있었다.

"제가 말씀드려도 될까요?"

그때 남궁혁이 나섰다.

가만히 앉아 있던 그가 일어나자 모두의 시선이 쏠렸다.

제갈민은 의아했지만 일단 당면한 상황을 벗어나는 것이 급선무였으므로 고개를 끄덕였다.

"말씀하십시오, 병기당주."

"대체 저 젊은 작자가 뭘 안다고 발언권을 주는 거요? 어떻게든 곤란한 상황을 피해 보려는 거 같은데, 그렇게는 안되오."

당연히 황보명원이 끼어들었다.

누가 봐도 남궁혁이 제갈민을 곤란한 상황에서 구해 주려고 끼어드는 모양새였다.

제갈민의 조카가 남궁혁의 밑에 있다는 것 정도는 황보명원도 알고 있었다.

이참에 제갈민을 몰아붙여 자신의 입지를 다지려고 하는 황보명원을 남궁현암이 제지했다.

"대주께서 말이 과하시구려. 그의 나이가 어릴지언정, 병기당주 자리는 대주보다 위요. 함부로 입을 놀리지 않는 것이 좋을 텐데."

제갈민은 그렇다 쳐도 남궁현암은 무시할 수 없었다.

남궁현암을 무인으로서 존경하는 동시에 호승심도 있는 입장에서, 황보명원은 그를 봐서 입을 다시며 한 걸음 물러났다.

남궁혁은 남궁현암에 대해 감사의 표시로 목례를 하곤 자리에서 일어나 입을 열었다.

"제가 소가주로 있는 남궁장인가는 섬서 북쪽에 위치한

지라, 지난번 마교의 일 이후 꾸준히 마교의 동태를 감시했습니다. 그리고 한 가지 이상한 점을 발견했습니다."

"서론은 건너뛰시게. 그래서 뭘 발견했다는 건가?"

황보명원은 여전히 고까운 눈으로 남궁혁의 말을 잘랐다.

남궁혁은 그를 정면으로 바라보았다. 이 자리의 다른 사람들도 그에게 공감하고 있었다.

지금처럼 중요한 시기에 수뇌부가 와해돼서는 안 될 일인데. 남궁혁은 한숨을 푹 내쉬었다.

하지만 더 중요한 것은 자신도 급하게 알게 된 이 사실을 좀 더 그럴싸하게 전달하는 거였다.

"일전에 맹에서 대문파를 비롯해 중소문파, 세가까지 마교의 잔당들을 색출해 내기 시작했을 때를 다들 기억하시죠? 그들이 갑자기 증발한 듯이 사라졌던 일 말입니다."

"당연히 기억하네."

"그러면 그들이 어디로 갔을까요? 마교로 돌아갔을까요?"

"그랬겠지."

누군가가 남궁혁의 물음에 답했다.

당연한 얘기 아닌가. 철수한 간자들이 본거지로 돌아간다는 건.

하지만 남궁혁은 고개를 저었다.

"아까도 말씀드렸다시피, 저희는 중원에서 마교로 넘어가는 골목에 위치해 있습니다. 다른 경로도 많겠지만 서역과의 교류 때문에 가장 길이 잘 닦여 있는 곳이죠. 상인들의 유동이 많아 손쉽게 몸을 숨기고 서역으로 갈 수 있는 길이기도 합니다. 저는 사건 직후 세가의 정보부대에게 지시를 보냈습니다. 그곳에서 간자를 하나라도 잡으면 좋은 일이니까요. 하지만 그곳을 통행하는 이들을 유심히 살펴도 수상한 자는 하나도 지나가지 않았다더군요."

남궁혁의 말에 모두들 충격을 받은 표정이 되었다.

본거지로 돌아가지 않았다면 어디로 갔겠는가. 중원에 잔류했다는 뜻이다.

"이 사실이 수상해서 저는 중원 내부로 정보 부대를 파견했습니다. 그리고 결국 하나의 사실을 알게 됐습니다. 배고픈 이들에게 밥을 나눠 주면서 마공과 마교의 교리를 가르치는 이들이 있다는 사실을 말입니다."

"대체 그 사실을 왜 여태 얘기하지 않았나?"

황보명원이 물었다.

아까보다는 기세가 누그러졌지만 질책하는 말투는 여전했다. 모두들 그게 궁금한 눈치였다.

남궁혁이 자신의 공을 위해 정보를 숨기거나 할 인사가

아니라는 것을 알 만한 이는 다 알았다. 그러니 무슨 이유가 있을 터였다.

현재 맹주 자리에 앉은 남궁현암마저 놀란 기색을 보이는 걸 보니 그조차도 이 정보는 알지 못했던 모양이다.

그 모습이 의문을 더욱 부추겼다. 남궁혁과 남궁현암의 친분은 그가 몸소 마중을 나갔을 때부터 무림맹 내에 파다한 사실이었으니까.

다들 의아한 눈으로 남궁혁을 바라보았다.

"별 이유는 아닙니다. 저도 그들과 흑마적이 관계가 있다는 사실을 어제야 보고 받았으니까요."

그러자 다들 고개를 끄덕였다. 남궁혁의 정보력이 아무리 대단하다고 해도 무림맹과 제갈세가의 정보력을 능가할 수 있을 리가.

"제 휘하들이 전한 정보에 의하면, 그들은 중원 각지의 빈민가와 농가로 퍼져 그들을 마인으로 만드는 데 착수했다고 합니다. 이 사실에 별로 주목하지 않았던 이유는, 그들을 마인으로 만든다고 해서 마교가 득이 되는 게 없었기 때문입니다."

"병기당주의 말이 맞습니다."

제갈민이 은근슬쩍 끼어들었다. 남궁혁 덕분에 숨통이 트였으니 자신 역시 뭐라도 거들어야 하지 않겠는가. 체면을 챙겨야 할 필요성도 있었으니까.

"우리 정파 무림은 오랜 세월 마교와 싸우면서 서로에 대해 몇 가지 사실을 알게 되었지요. 그중 하나가 마교는 마인의 숫자, 정확히는 마공을 익힌 마인의 숫자를 함부로 늘리지 못한다는 것입니다."

이 자리에 있는 사람들은 전부 무림맹 수뇌부이거나 각 문파에서 그만한 정보를 받을 만한 위치에 있었기에, 제갈민의 말에 다들 고개를 끄덕였다.

마공은 어느 정도 수련한 직후, 마신의 힘인 마기를 받아 급격한 성취를 이룬다.

개개인의 자질은 그 마기를 어느 정도 선까지 받아들일 수 있느냐를 결정한다.

그러나 이 마기는 무한정 내려지는 것이 아니다.

마교는 오랜 세월을 보내면서 마인에게 허락되는 마기의 총량이 있음을 인지했다.

마인의 숫자가 많아질수록 개개인에게 허락된 마기가 줄어든다는 것을 눈치챈 것이다.

때문에 마교에게 있어 자질 있는 마인을 적정 숫자만 유지하는 것은 상당히 중요한 문제였다.

정파 무림은 이 사실을 알고 있었기에 방심했다.

"민간인들에게 마공을 가르치는 건 그들에게 특별히 도

움이 되지 못하지요. 밥을 주고 마교의 교리를 가르치면 마인들이 쳐들어왔을 때 백성들의 환영을 받을 수 있을지언정, 실질적인 전투에는 도움이 되지 않는다. 그것이 마교에 대한 맹의 판단이었습니다만……."

제갈민이 말끝을 흐렸다. 모두가 그렇게 생각했다. 제갈민뿐이 아니었다. 남궁혁의 책사인 제갈화영도 마찬가지였다.

사실 징조는 있었다. 무림의 정보를 수집하다 보면 당연히 민간의 정보도 어느 정도 곁다리로 굴러 들어오기 마련이다.

그 사실들에서 가치를 찾아내고 정보로 분류하는 것이 바로 책사들의 할 일.

설마 마교가 대중에게 손을 뻗치겠는가, 별 이득도 없는데.

그렇게 생각한 것이 패착이었다. 마교의 두뇌에게 한 수 밀린 것이다.

남궁혁도 관련된 얘기를 진하에게서 들은 적이 있었지만, 그걸 마교와 연관시키지는 못했다.

때문에 정보도 별로 없었고 조사도 미흡했다.

심지어 무영살문마저도 무림에 대한 정보라면 빠삭했지만 민간에 대한 정보는 거의 없다시피 했다.

애초에 무림의 균형을 위해 만들어진 문파다 보니 어쩔수 없었다. 그만큼 마교가 의표를 찌른 것이다.

그나마 흑마적들에 대해 알게 된 남궁혁이 곧바로 무영에게 명령을 내려 관련된 지역을 속속들이 조사한 덕분에 여기까지 알아낸 것이다.

비록 무림맹 수뇌부에게 설득력 있게 전달하느라 전부터 조사를 해 왔다는 양념을 치긴 했지만.

"이렇게 수많은 흑마적들이 어떤 경로로 들끓게 됐는지는 알겠소. 하지만 중요한 건 그게 아니지 않소?"

무당의 장로가 입을 열었다. 모두의 시선에 그에게 향했다.

"길어야 일 년이요. 병기당주가 말했듯 중소문파에서 도망친 간자들이 민간으로 숨어들어 흑마적을 길러 낸 시간이 말이오. 그 전까지 그들은 곡괭이나 낫을 휘두를 줄만 알았던 농민이었던 거요. 그들이 그 짧은 시간 내에 어떻게 절정 수준의 마기를 내뿜을 수 있었던 거요? 마인들에게 주어지는 마기에는 한계가 있지 않았소?"

무당 장로의 말에 모두들 고개를 끄덕였다. 사실 원인보다는 이쪽이 중요했다.

"혹 병기당주는 이에 대해 아는 것이 없소? 상당히 뛰어난 정보력을 갖추고 있는 것 같은데, 아는 것이 있다면 동도들을 위해 허심탄회하게 얘기해 보시구려."

남궁혁은 주저했다.

사실 짐작 가는 부분이 있기는 했다.

마신검. 마신검이 만들어졌다면…….

마신검에 대해서라면 남궁혁은 이 자리에 있는 누구보다 더 많은 정보를 갖고 있었다.

주아흔이 얘기해 주기도 했고, 무영살문이 갖고 있는 정보를 내놓기도 했다.

마신검이 제물의 피를 먹어 마신을 소환하는 데 성공한다면 마신의 힘은 이 세상에 무한정 퍼져 나간다…….

지금 상황은 마신 재림이 이루어졌다고 밖에 볼 수 없었다.

마공을 익힌 지 얼마 안 되는 이들이 절정 급의 마기를 뿜어내는 것이 이를 반증했다.

"……거기까지는 아직 조사가 부족해 알아내지 못했습니다. 하지만 뭐라도 새로 밝혀지는 게 있다면 당연히 여러분께 알려 드리겠습니다."

남궁혁은 한 발 물러났다.

확실한 심증이 있었지만 자신이 말하는 건 모양새가 좋지 않았다.

마신검과 관련된 정보는 마교의 극비 중 극비다.

그걸 알고 있다는 건, 아무리 정보력이 좋다고 해도 의심을 살 소지가 있었다.

과거 남궁혁의 조언을 들었던 제갈세가와 남궁세가도 마교와 손을 잡아서 미리 피해를 방지한 게 아니냐는 의혹을 받지 않았던가.

확실한 해결책이라도 알고 있다면 당연히 입을 열었겠지만, 지금 얘기해 봤자 수뇌부의 혼란만 가중될 뿐이었다.

"그럼 대체 어떻게 해야 한단 말인가. 대책 없이 저 수많은 마인들을 상대해야 한다는 건가?"

"진정하시지요, 선사. 그리 비관할 일은 아닙니다."

남궁현암이 나섰다.

다들 남궁현암이 뭔가 대안을 내주지 않을까, 기대어린 눈으로 그를 바라보았다.

남궁세가의 고수로 이름이 났을 때의 남궁현암은 그저 기기묘묘해서 다가가기 어려운 사람이었다.

별달리 친구도 없고, 지독할 정도로 청결하다는 특징 때문에 제갈민이 몇 없는 벗 중 하나인 사람이었다.

하지만 맹주 대리가 된 이후부터는 사람이 다소 변했다.

청결에 신경을 쓰는 성정은 여전했지만 묘하게 사람을 끌고 믿음을 주는 인상이 되었다.

자리가 사람을 만든다더니, 남궁현암에게 딱 어울리는

말이었다.

"상대는 수십만의 절정입니다. 숫자만 들으면 질릴 만도 하지만, 그 뿐입니다. 충분히 상대할 수 있습니다. 지난 며칠 간 수천의 흑마적을 쳐부순 천산기갑마대의 대주께서도 그 사실을 잘 알고 계시지 않습니까?"

황보명원이 얼결에 고개를 끄덕였다. 남궁현암의 말이 옳았다.

처음 상단이나 표행만을 노려 무림맹의 이목에 띄지 않았던 그들은 점점 무림과 관련된 곳들을 노리기 시작했다.

무림에 발을 걸친 곳일수록 규모가 크고 쌓아 놓은 재물이 많았기 때문이다. 오 일 전 금림상단의 상행을 노렸던 것처럼 말이다.

하지만 그게 일종의 역풍이 되기도 했다.

맹에서는 분주하게 각 지부로 흑마적을 막아야 한다고 지시를 보냈고, 중소문파들은 물론 상단과 표국들도 흑마적에 대해 인식하기 시작하면서 그들을 상대하기 시작한 것이다.

그 결과 상당수를 물리칠 수 있었다.

사실 그 마기가 강력해서 그렇지, 잘 훈련받은 일류 무사가 집중해서 상대한다면 한두 명까지는 처리할 수 있을 정도였다.

말하자면 엄청나게 강한 힘을 가진 어린아이와 싸우는 느낌이랄까.

스치면 죽지만, 스치기 전에 처리할 수만 있다면 아주 상대할 수 없는 상대는 아니었다.

정파 무림에 절정 이상의 고수가 없는 것도 아니고, 이일로 인해 각 파로 은거한 고수들을 설득해 세속으로 발걸음 해 달라 요청까지 보냈으니 정파의 대응은 앞으로 더욱 강해질 터였다. 그렇다면 흑마적을 상대하는 건 문제가 없었다.

그 상태로 훨씬 더 강해진 마교의 최정예 부대가 쳐들어오지 않는다면 말이다.

중원 전역의 흑마적들을 상대하기 위해서 고수들이 뿔뿔이 흩어진다면, 마교의 최정예들이 쳐들어오는 것을 막기는 어려워질 테니까.

"흑마적들의 기이한 마기에 대해서는 이미 알아보고 있습니다. 정파로 투신한 전 천마신녀 주아흔에게 연락을 보냈고, 자무군주가 그녀를 호위하며 이곳으로 오고 있습니다. 그녀가 온다면 이 사태에 대한 설명을 들을 수 있을 거라고 봅니다."

남궁혁은 안도의 한숨을 내쉬었다. 남궁혁이 파악한 바는 주아흔이 충분히 설명해 줄 것이다.

그녀가 말한다면 별다른 의심도 사지 않을 거다.

마신 재림에 대한 사실이 며칠 늦게 알려진다고 해도, 어차피 방법이 없는 상황이니 크게 상관은 없으리라.

"그동안 우리는 우리 할 일을 합시다. 중요한 건 우리가 흑마적들에게 정신이 팔린 사이, 마교의 고수들이 우리를 각개격파하는 상황입니다. 그런 상황을 방지하기 위해서는 각 부대가 흩어져 흑마적을 진압하는 동시에, 마교의 정예 일천 정도는 능히 상대할 수 있는 규모를 유지해야 할 겁니다."

아까까지만 해도 시끄럽게 떠들거나 초조한 기색을 보이던 자들이 모두 남궁현암의 말에 빠져들어 있었다.

동시에 충분히 이 사태를 처리할 수 있다는 자신감들도 얼굴에 배어 나왔다.

"자, 자세한 것은 제갈 군사께서 지시해 주시지요."

"알겠습니다."

제갈민이 남궁현암에게 깊이 고개를 숙이며 답했다.

역시 남궁현암을 자신의 정략적 동반자로 선택한 것은 참으로 현명한 일이었다.

남궁현암이 방금 얘기한 방안은 이미 제갈민이 준비했던 것이다.

하지만 제갈민이 얘기했더라면 다들 곧이곧대로 받아들

이지 않았으리라.

한 번 신뢰가 곤두박질친 책략가의 말을 들으려고 하는
이는 없으니까.

하지만 남궁혁과 남궁현암의 적절한 발언으로 제갈민은
다시 발언의 힘을 되찾았다.

"천산기갑마대를 비롯해 무림맹 제일 대는 둘로 갈라져
호북과 중경으로 향하되, 유사시 뭉칠 수 있을 정도의 거리
를 유지하면서—"

제갈민이 밤을 새 가며 준비한 전략이 물 흐르듯이 쏟아
져 나왔다.

모두들 그 말에 귀를 기울였지만, 남궁혁은 다른 생각을
하고 있었다.

이전 삶에선 이렇지 않았다. 흑마적이라는 존재는 없었
다.

그저 이전의 정마대전이 그랬듯, 한층 더 강해진 마인들
의 정예 부대가 무림을 침공했을 따름이었다.

마교에 촉각을 곤두세운 남궁혁까지 민간에 주목할 필요
성을 거의 못 느꼈던 이유기도 했다.

만약 이전 삶에도 흑마적이 존재했다면 남궁장인가 주변
만 신경 쓰지는 않았을 터였다.

이전 삶에도 마인들이 더 강해지긴 했었으니 마신이 소

환됐던 건 맞으리라.

그렇다면 이전 삶과 지금, 뭔가 다른 마신 재림이 이뤄진 건가?

남궁혁의 의문이 꼬리에 꼬리를 무는 동안 수뇌부 회의는 밤이 새도록 진행됐다.

그리고 이튿날.

제갈민의 전략 하에 수많은 부대가 무림맹을 떠났다.

동시에 협력을 요청받은 각 문파와 세가에서도 흑마적, 즉 마교와의 전쟁을 선포하며 주변의 경계를 강화하기 시작했다.

흑마적의 기세는 조금씩 감소했지만, 그 숫자만큼은 꼭 죽어 나간 만큼 불어났다. 때문에 정파 무림의 무사들은 한곳으로 뭉치지 못하고 각 지역에 계속 주둔해야만 했다.

그리고 마침내 마교의 정예가 모습을 드러냈다. 섬서 북쪽이었다.

〈다음 권에 계속〉

DREAMBOOKS

DREAMBOOKS★

DREAMBOOKS★

DREAMBOOKS★